당신에게
좋은 소식을
전해줄게요

당신에게 좋은 소식을 전해줄게요

권글 에세이

“요즘 넌 어때, 잘 지내?
네가 행복했으면 좋겠어”

RISE

작가의 말

세상을 살다 보면 아무것도 할 수 없는 순간이 있습니다. 현재의 삶이 너무 암담해서 아무 의욕도 없고, 더 이상의 희망도 보이지 않아 좌절하며 주저앉는 때가 찾아옵니다. 그 시기는 따로 시간이 정해져 있지도 않습니다. 또한 아무 예고도 없이 찾아와서 예측하기도 통제하기도 어렵습니다.

찾아오는 대상이 정해진 것도 아닙니다. 가장 믿었던 누군가의 배신이나 변심으로 찾아오면 마음의 상처는 더 커집니다. 그 후유증은 꽤 오랫동안 남아 당신을 괴롭히고, 삶의 균형마저 무너뜨립니다. 극복할 수 있다고 몇 번이고 다짐해 보지만, 반복되는 고단한 인간관계 때문에 포기해 버리기도 합니다.

내 삶의 행복은 내가 정해야 합니다. 타인이 정한 행복의 기준이 모두 옳은 건 아닙니다. 타인에게 흔들리지 않고, 내가 원하는 행복한 삶을 주도적으로 이끌려면 몸의 건강만큼 '마음의 건강'도 중요합니다. 청소년 시절, 전혀 예상치 못한 암 판정을 받은 저는, 감당하기 힘든 시련들을 경험했습니다.

불쑥 찾아온 '죽음의 그림자'는 삶을 송두리째 바꿔버렸습니다. 이 책에는 그 죽음의 그림자에서 벗어나기 위해 치열하게 하루하루를 살면서 노력했던 저의 흔적들을 남겨놓았습니다. 삶, 사랑, 인간관계, 마음가짐 등 다양한 시련들을 이겨내면서 터득한 '나만의 삶의 지혜'가 담겨있습니다.

혹시라도 삶을 포기하고 싶은 당신이라면, 저의 마음이 담긴 이 글들이 당신에게 '좋은 소식'으로 전해지기를 바랍니다.

'당신의 삶 역시, 자신만의 고귀하고 아름다운 가치를 찾아 빛나기를 바라며.'

권 글

차례

제2장

오늘을, 살아가는 당신에게

제3장

내일은, 더 빛날 당신에게

제4장

고된 하루의, 끝에 선 당신에게

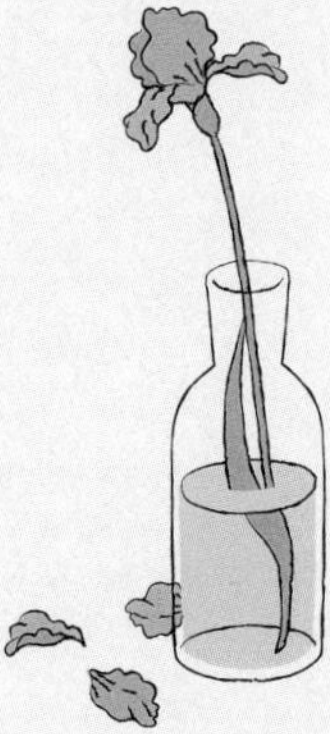

제1장

어제가, 힘들었던 당신에게

말하지 않으면 아무것도 모른다

친한 관계일수록 가감 없이
솔직하게 말하는 편이 더 낫다.

'나쁘지 않아.'
'네가 하고 싶은 대로 해.'
식의 말처럼.

상대의 기분을 상하게 할까봐
애매하게 표현하는 것보다는

좋을 땐 '좋다',
싫을 땐 '싫다'.
확실히 표현하는 게 낫다.

당신이 애매하게 표현할수록
상대를 복잡하게 만들고,
서로를 더 힘들게 할 수 있으니
명확히 마음을 표현해야 한다.

자신을 위해서도
상대를 위해서도
더 솔직해지기 위해 노력하자.

하고 싶은 말이 있다면
참지 말고 상대에게 말하자.

당신의 진심이 침묵에 가려져서
오해하는 일이 생기지 않도록

당신의 마음을 꼭 표현하자.

사람들은 누군가와 더 친해졌다고 느낄 때
말을 하지 않아도 나의 전부를 이해하고,
또 내 마음을 그 누구보다 잘 알아주기를 바란다.

하지만 상대방이 나에 대해
모든 걸 알아야 할 의무는 없으며,
오히려 모르는 부분이 더 많을 수 있다.

살면서 많은 관계를 만들어도 봤고, 지켜보기도 했었다.
때론 견고하게 쌓여있던 탄탄하고 깊은 관계들이
잠깐의 방심으로 한 번에 무너져버리는 것도 봐왔다.

서로 신뢰할 수 있는 관계를 쌓아가는 동안
우리는 끊임없이 대화를 나누고,
서로에 대해 알아가는 과정이 필요하다.

물론 그 과정에서 서로 갈등도 겪고,

감정이 격해지는 순간도 있겠지만

문제를 하나씩 해결해 나가는

그 과정에서 분명 성숙해지고,

더 많은 삶의 지혜를 배우게 될 것이다.

힘들면 누구나 무너질 수 있다

쉼 없이 앞만 보며 치열하게 살다 보니
너무 많은 사람과 관계를 맺다 보니
안 좋은 일들이 연달아 찾아오다 보니

멈추지 않고 계속 쌓여가는 경험들 속에
가끔은 내 몸이 고장 나는 순간이 온다.

또 가끔은 아주 사소한 것들이
내 마음에 상처를 내고,

그 상처는 낫지 않은 채 점점 깊어져 간다.

그럴 땐 잠깐 무너져도 괜찮다.
모든 걸 내려놓고,
우선 고장 난 내 마음을
먼저 챙겨줘도 괜찮다.

마음은 제어하기가 참 힘들다.

내 마음이 1순위가 되었던 적이
살면서 과연 얼마나 있었던가?

누구나 힘들면 무너지기 마련이다.
무너지는 것 자체를 너무 두려워하지 말자.

'무너짐'은 삶의 끝을 의미하는 게 아니라
더 탄탄하게 쌓아가기 위한 과정인 것을.

사소한 것에도 흔들리고,
매번 위태로운 삶과 좌절의 순간들에도
꿋꿋이 어떻게든 이겨내고,
언제 그랬냐는 듯 우리는 다시 일어설 것이다.

그러니까 포기하지는 말자.
포기해서 얻을 수 있는 건
좌절, 절망, 무기력, 등 부정적인 감정들뿐이더라.

하지만 두려움을 이겨내고 다시 일어설 수 있다면,
무너졌던 삶의 균형을 다시 맞출 수 있다면,
분명 당신이 지금껏 가보지 못하던
새로운 삶의 영역을 찾을 수 있을 것이다.

누구나 힘들어서 무너질 수 있다.
그건 사람이기에 당연한 일이다.
그렇다고 포기하지는 말자.
포기한 만큼 기회는 더 멀어지기 마련이다.

지금의 성장이 조금은 고통스럽지만,
내일은 더 나아져 있을 내 모습을 상상하니
왠지 모르게 뿌듯해지는 그런 밤.

너무 걱정하지 마.
지금 뭔가를 고민하는 것만으로도
더 나아갈 준비가 돼 있는 거니까.

너를 향한 그리움은 어디서 오는지

널 처음 사랑하던 그 순간에는
내 마음이 너무나 작고 어려서
너를 이해할 수가 없었고,

지금의 우리는 너무 멀어져서
너를 이해할 수는 있지만,
같은 시간에 존재할 수가 없다.

그런데 왜, 이 찰나의 순간에도

너의 감정이 그대로 느껴지는 건지.

행복한 너의 모습을 차라리 몰랐더라면
마음이 조금 편했을지도 모르겠다.

텅 빈 거리, 우리에게 익숙했던 그 풍경들…
그 시간 속에 멈춰있는 길을 하염없이 걷다가
유난히도 네 기억이 깊어지는 순간이 온다.

문득 우리 둘만 알고 있는
추억 너머의 이야기를 떠올린다.
마음속으로 하염없이 너의 이름을 불러본다.

'널 향한 내 맘, 깊어지는 이 밤'

오라는 잠은 안 오고,
그날의 그리움만 자꾸자꾸 찾아온다.

슬픔을 잊는 방법은 — 일단 슬퍼하는 일이다

힘든 상황이 찾아오게 되면
누구나 슬픔의 감정을 느낀다.

그럴 땐, 그 슬픔을 마음에 담아두지 말고
펑펑 울던지, 누군가에게 말을 하던지
어떻게든 비워내기 위해 노력해야 한다.

가끔 슬픔을 억지로 참거나
눈물 흘리는 것을 부끄러워하고

자존심 상하는 일이라고 생각하는 사람들이 있는데,
슬픔을 인정하고 표현하는 것 자체가 용기 있는 판단이다.

만약 자신의 감정을 제대로 표현하지 못하고
마음을 억눌러 슬픔을 계속해서 키워간다면
분명 부정적인 감정들에 익숙해질 것이다.

그리고 언젠가는 그 슬픔이 너무나 깊게 박여서
'슬프다'는 감정을 깨닫지 못하는 순간이 찾아온다.
너무 슬프지만,
이제는 슬픔이라는 감정조차 느끼지 못하는 것이다.

'지금 당신의 감정은 어떠한가?'

만약 당신의 마음속 슬픔이 깊어지고 있다면,
더 늦기 전에 자신의 감정에 솔직해지도록 하자.
당신의 과거가, 현재의 당신을 가두지 않게끔.

슬픔을 잊기 위한 가장 쉬운 방법은
'나는 지금 너무 슬프다'라는 걸 인정하고,
느껴지는 '그 감정'에 최선을 다하는 것이다.

과거의 당신은 '그 감정' 역시 겪어봤기 때문에
당신에게 쌓인 슬픔을 모두 비워내고 나면,
마음이 진정되고, 안정감을 되찾을 것이다.
그리고 분명 따듯한 아침을 맞이할 수 있을 것이다.

당신이 만약 과거를
그리워하며 살고 있다면,
이제는 그만 놓아주고
현재의 삶에 집중하자.

바꿀 수 없는 과거는 후회를 남기지만
눈앞에 보이는 현재는 언제든 바꿀 수 있고,
변화하는 모든 것이 희망이 되어 줄 것이다.

너무 완벽해지려고 노력하지 말자

과거에 나는 새롭게 인연을 맺는 사람에게
허점과 빈틈을 보여주기 싫어서
완벽해 보이려고 노력했던 적이 있었다.

그 당시 내 기준에는
상대에게 프로다운 모습을 보여주는 게
지극히 당연한 행동이라 느꼈으며,
상대에게 호감을 주는 탁월한 선택이라 믿었다.

그러다가 한 친구를 만나면서부터
내 생각이 완전히 변했다.

그 친구와는 독서 모임을 통해 첫 인연을 맺었는데
나와 동갑이었고,
새로운 것을 찾아 경험하는 걸 좋아한다는 공통점이
내 호기심을 자극했다.
그래서 다시 만나고 싶다고 이야기했다.

얼마 뒤 우리는 두 번째 만남을 갖게 되었다.

언제나처럼 나는 정중하게, 최대한 멋진 모습으로
노트북을 꺼내 들고 다른 사람에게 했던 것처럼
그 친구의 문제를 해결해줘야 할 것 같아서
내가 상상했던 완벽한 모습으로 대화를 했다.

그리고 대화의 마지막 약 10분 정도는 아쉬움에
여태까지 치열하게 살아온 삶의 이야기와

앞으로 하고 싶은 것들에 대한 꿈 이야기 등,
완벽한 모습을 보여주기 위해 차마 꺼내지 못했던
개인적인 이야기들을 솔직하게 털어놓았다.

어느덧 이야기를 끝내고,
마지막으로 인사를 나누기 전에
그 친구가 내게 말했다.

"네 개인적인 이야기를 하지 않고
계속 일 얘기만 했다면,
우리는 다시 못 만났을 수도 있었을 거야."

그 친구의 말에 나는 큰 충격을 받았었다.

'그동안 내가 크게 잘못 생각하고 있었구나.'

너무 내 감정에만 심취해서 그 친구를 고려하지 못했고,
무조건 프로페셔널(professional)하게 완벽한 모습만

보여주기를 고집한 것이다.

그 후로 나는 새로운 누군가와 인연을 맺을 때
일부러 나의 부족한 부분을 이야기하거나
인간적인 이야기를 먼저 꺼내곤 한다.
그러면 상대방도 나의 솔직한 이야기를 듣고는
자신이 경험한 것들을 스스럼없이 얘기한다.

새로운 사람과 좋은 관계를 맺기 위해서는
완벽한 모습을 보여주기 위해 노력하는 것이 아니라
있는 그대로의 솔직한 모습을 보여주고 내 마음을 다해야
상대의 마음을 움직일 수 있다는 것을 알게 되었다.

너무 완벽해지려고 하지 말자.
운명은 그 틈 사이로 찾아올 수 있다.
서로의 부족함을 채워주는 만큼 말이다.
그건 사랑도 인연도 마찬가지다.

이제는 애매한 관계보다 확실한 관계가 더 좋다

이제는 애매모호한 관계보다는
서로에게 확실한 관계가 더 좋다.

예전에는 '경험이니 그럴 수 있다' 여기며
기다리고 배려하며 노력했었지만,
노력하는 게 전부가 아님을 깨달았다.

불확실한 상대의 마음을 얻기보다
확실한 사람에게 집중하는 것이

지금, 이 순간 나에게는 더 소중하기 때문이다.

일방적인 관계는 노력할수록 서로가 지쳐가고,
스스로 자책하게 되며,
계속해서 관계를 맺는 것에 대해 회의감이 든다.

인간관계에서 뭐든 혼자 만드는 것은 없다.
그러니 반복적으로 생기는 문제들에 대해서
자책하며 모두 당신 탓으로 돌릴 필요도 없다.

그 순간 진짜 필요한 것은
'누구의 잘못이 더 큰지'를 정하는 게 아닌
'서로 다르다는 것'을 인정하는 태도이다

대부분의 삶을 달리 살아온 두 사람이
상대방을 온전히 이해하는 것은 힘든 일이며,
또 서로를 이해하기 위해서는
큰 노력과 많은 시간이 필요하다.

관계를 소중히 여기는 사람은
상대를 이해하기 위해 노력할 것이며,
그 노력은 한 사람에게만 치우쳐서는 안 된다.

서로의 다름을 인정하고
상대를 이해하기 위해 노력한다면,
당신은 분명 지금보다
더 '좋은 인연'을 만들 수 있을 것이다.

소박하지만 확실한 행복

조금 답답하고
힘든 삶 속에 살아가고 있지만,

곁에 숨어 있는
'소박하지만 다양한' 행복들을 통해
당신의 일상들을 조금씩 채워가길 바라.

살아보니,
'행복이 꼭 멀리에 있던 건 아니니까!'

믿고 걸러야 할 사람

살면서 무조건 —

살다 보면 '만나야 할 사람'보다
'피해야 할 사람'이 먼저 보인다.
만나야 하는 사람은 언젠가 만나게 된다.
혹시 만나지 못하더라도
적어도 내게 피해를 주지는 않는다.

살면서 내게 독이 되는 사람은 다음과 같다.

첫째, 잘 알지도 못하는 상태에서 '귀인, 운명' 등 칭찬이 너무 과도한 사람.

둘째, '그건 안 돼, 너무 별로야'라며 시종일관 부정적인 태도인 사람.

셋째, 상대의 말은 전혀 신경 안 쓰고, 자신이 하는 말만 들어주길 바라는 사람.

넷째, 자기주장에 확신이 없고, 남에게 모든 선택을 떠넘기는 수동적인 사람.

다섯째, 뭔가 일이 안 풀리면 무조건 남 탓을 하거나 핑계를 찾기에 바쁜 사람.

여섯째, 말은 화려하고 거창한데 전혀 행동하지 않아서 결과가 없는 사람.

문제는 '피해야 할 사람'을 만났을 때다.

나와 성향이 잘 맞지 않는 사람,
상대방에 대한 배려가 전혀 없거나
자기중심적인 사람을 만나게 되면
힘이 들고, 자꾸 에너지를 뺏긴다.

그리고 그 사람과의 관계가 깊어질수록
인간관계에 대한 회의감마저 느껴진다.

인연은 잘 만나는 것도 중요하지만,
스스로 잘 선택하는 것 역시 중요하다.

당신은 부디 그 인간관계라는 늪을
잘 이겨내고 자유로워지길 바란다.

먼저 도전하자
후회하기 전에 —

대다수 많은 사람은 새로운 도전을 낯설어하며
'도전'이라는 말만 들어도 몸서리치는 경우가 있다.

우리 몸은 익숙한 것을 그대로 유지하기 좋아하고,
낯설고 새로운 것에 도전하는 것은 기피한다.

당신도 살면서 한 번쯤은 분명 새로운 도전을
망설이고 머뭇거리다가
결국에는 실행하지 못하고,
큰 후회를 한 경험이 있을 것이다.

나의 경우, 갑작스럽게 삶의 큰 위기를 겪으면서
더 이상의 삶을 지속하는 것조차 불투명해졌을 때
도전하지 못했던 순간들이 너무나 후회가 됐다.

그 순간에
'만약 다시 집으로 돌아가 일상을 되찾을 수 있다면
도전하지 않은 것들로 인해 더 이상의 후회는 남기지 말자',
'앞으로는 누구보다 더 적극적인 사람이 되자'라고 다짐하고, 또 다짐했다.
그리고 지금은 그 누구보다 새로운 도전에 익숙하다.

당신이 변할 수 있는 가장 적절한 순간은 바로 '지금'이다.
지금 실행하지 않으면 아무것도 변하지 않는다.

만약 과거의 어떤 선택들로 후회하며
아직도 그 안에 살고 있다면
이제는 그만 놓아주고,
현재에 더 집중하자.

바꿀 수 없는 '과거'는 후회를 남기지만,
눈앞에 있는 '현재'는 언제든
당신의 선택으로 바꿀 수 있고,
그 선택들로 인해
당신의 삶 역시 완전히 뒤바뀔 수 있다.

도전은 아무리 늦어도 빠른 것이고,
후회는 아무리 빨라도 늦은 것이다.
그러니까 우리는 후회하기 전에 도전해야 한다.

앞으로 살면서 해보면 좋은 것들

첫째, 하기 싫은 것들 피하지 말기.

둘째, 하고 싶은 것들은 꼭 해보기.

셋째, 불가능한 부탁은 거절하기.

넷째, 하기로 한 약속은 꼭 지키기.

다섯째, 싫은 것은 싫다고 말하기.

소설의 작가이다

우리는 '삶'이란 —

살다 보면 누구에게나 위기가 갑자기 찾아오며
가끔은 그 위기가 미처 대비를 하지 못한 상태에서
쉴 새 없이 찾아와 좌절감을 주기도 한다.

또 애석하게도 한번 나에게 찾아온
그 위기와 불행은 쉽게 떠나가지를 않는다.

처음에는 꿋꿋하게 어떻게든 버티면서
위기의 상황을 이겨내려고 노력하지만,

살면서 큰 위기를 겪지 못했던 사람일수록
불행의 무게는 더 크게 느껴지기 마련이다.

그 순간, 당신에게 정말 필요한 자세는
주변을 탓하거나 상황을 회피하지 말고,
할 수 있는 일들을 찾아서 하나씩 해보는 것이다.

또 해낼 수 있다는 긍정적인 마음을 끊임없이 새기며
위기를 현명하게 받아들이도록 해보는 것이다.

물론 당장은 모든 것이 버거울 수 있고,
나아지지 않는 상황들로 인해 낙담할 수 있다.

하지만 시간이 흘러 그 위기를 이겨낼 수 있다면
힘들었던 만큼 분명 당신의 노력은 자산이 되어
분명 큰 힘이 되어줄 것이다.

우리는 모두 '삶'이란 소설의 작가이다.

똑같은 상황과 똑같은 위기를 겪게 되더라도

어떠한 생각과 행동을 하느냐에 따라

다른 결말을 만들어 낼 수 있기 때문이다.

당신이 내 마음을 알아줬으면 좋겠다

우연히 스치던 그 찰나의 순간에 난 사랑에 빠져버렸고,
너와 함께하는 순간들이 내게는 '전부'가 되어 버렸어.

모든 일상이 둘 아닌 하나로는 생각조차 할 수 없었고,
이제는 지금 이 순간이 '영원히 더 행복할 것'이라는
기분 좋은 상상을 했어.

하지만 나의 사랑은 점점 뜨거워졌고,
너의 사랑은 서서히 식어가고 있었어.

그렇게 우리의 사랑은 그 중간 어딘가에서
뜨뜻미지근하고, 어정쩡하게 끝나 버렸어.

'이제는 그리워도 말할 수가 없어.
내가 할 수 있는 건 단지 지켜보는 게 전부야.'

하루하루 시간이 흘러갈수록 너의 흔적들이 날 괴롭히고,
길고 길었던 밤을 뒤척이다가 포기가 안 돼서
나는 용기를 냈어.
다시 한번 널 잡아보고 싶었어.
그냥 말 한마디라도 걸어보고 싶었어.

하지만 그 노력 끝에 내 손에 잡힌 건
단지 사랑이 떠나간 그 자리에 남겨진 미련의 조각뿐.

맞아, 당신 때문에 내가 힘든 거야.
맞아, 당신 때문에 울고 있는 거라고.

모든 걸 다 포기하고 싶던 그 순간,
문득 이런 생각이 들었어.

마지막으로 당신이 기적처럼
내 마음을 알아줬으면 하는 그런 기대감.

하지만 그런 일은 없을 거라는 상실감에
내 마음은 더 슬퍼졌어.

우리는 너무나 불완전한 존재야.
용기를 내어 기대하다가도 다시 실망해.

그리고 우리는 그 경험을 반복해.
그렇게 우리는 조금 더 '완벽'에 다가가고 있는 거야.

조금 더 많이

조금 더 많이,
해맑게 웃어보기.

조금 더 많이,
행복한 순간 만들기.

조금 더 많이,
마음을 표현하기.

조금 더 많이,
사랑한다고 말하기.

조금 더 많이,
적극적으로 도전하기.

꾸준함은 힘이 들지만,
— 꾸준함이 힘이 돼준다

누구나 그런 때가 찾아온다.
내가 좋아하는 일, 나를 행복하게 만드는
그런 일을 찾다가… 결국 현실에 부딪혀서
좌절하거나 급하게 방향을 변경한다.

그리고 조금은 비겁한 핑계를 대며
스스로 나름의 합리화를 시킨다.

'이 정도면 충분히 할 만큼 했어.'

‘이건 내 길이 아닌 거야, 그만 포기하자.’

더욱이 이건 너무나 외로운 싸움이다.
주변에서조차 도움을 주지는 않는다.

‘좀 더 안정적인 직장에 근무하는 게 어때?’
‘하고 싶은 것을 하는 것도 좋지만,
일단은 할 수 있는 일을 해야지.’

어떻게든 길을 찾아보려고 해도
난 아무것도 가진 게 없는데
외로움은 더욱 커져만 간다.

자존심만으로는 이겨낼 수 없는
현실의 벽에 굴복해야 하는 걸까?
하지만 여태 살아온 내 인생을
부정하지 않기 위해서라도 고집을 부려봤다.

이게 모두의 정답이라고 할 수는 없겠지만,
적어도 '나만의' 정답은 만들어보자.

그렇게 나는 유독 글 쓰는 것,
내 이야기를 누군가와 나누는 것에 끌렸으며
또 지나칠 정도로 집중했고,
그 일들을 꾸준히 반복해왔다.
그리고 하루하루 나만이 할 수 있는 것들로 채워갔다.
그렇게 꾸준히 지속하다 보니까
그 속에서 나만이 가진 장점을 발견할 수 있었다.

처음엔 아무것도 없었던 그 자리에
글과 감정, 그리고 마음이 새겨지게 되었고,
이제는 많은 사람이 내 글을 좋아해주고 있다.

당장에는 그 과정이 너무나 힘들고
현실에 부딪혀서 포기하고 싶은 순간이 있겠지만,
포기하지 않는다면 반드시 웃게 되는 순간이 찾아온다.

지금 포기하기에는

지금까지의 당신의 노력이 너무나 아까우니

꼭 당신만의 정답을 찾아내기를 바란다.

꾸준함은 힘이 들지만,

결국에는 그 꾸준함이 힘이 돼준다.

회복할 열쇠는 '자존감'이다

주저앉은 당신을 —

나는 자주 뒷걸음질 쳤지만,

그래도 다시 앞으로 나아갔다.

두려움에 위축이 되긴 했지만,

숨지 않기 위해서 노력하였다.

때론 새로운 시작들이 두려워

망설이거나 고민했지만,

결국에는 나 자신을 믿고
새로운 것들에 도전하였으며,
행복한 결과를 만들어냈다.

특출나거나 뛰어나진 않았지만,
나름의 특별한 삶을 살아가고 있다.

타인의 삶을 기준으로 삼아
비교하거나 자책하지 않고,

스스로의 삶을 기준점으로 삼아
더 나아지고 성장해 왔다.

가끔 타인과 세상이 주는 상처에
많이 흔들리고 울기도 했었지만,
덕분에 내 마음은 더 단단해질 수 있었다.

매번 고민하고, 반성하고, 위태로운 삶이지만
그래도 값진 경험을 통해 그 이상의 깨달음을 얻고,
더 나답게 살아가는 방법을 배우게 될 것이다.

자존감을 높이는 7가지 방법

첫째, 지난 과거보다 다가올 미래에 대한 기대감과 확신으로 살아가기.
둘째, 아주 사소한 것이라도 자주 성공하며 나만의 '성공 습관' 만들기.
셋째, 긍정적이고 능동적인 생각을 하는 사람들과 친해지고, 자주 서로의 생각 나누기.
넷째, 힘들 때 당신의 마음을 솔직하게 터놓고 이야기할 수 있는 사람 만들기.
다섯째, 어떤 일을 하더라도 주변의 눈치보다는 나만의 신념과 가치관을 갖고 행동하기.
여섯째, 남보다 나를 먼저 생각하고, 남들에게 주었던 마음만큼 자신을 아끼고 더 사랑하기.
일곱째, 사소하더라도 일상에서 행복할 수 있는 시간을 찾고, 자주 더 많이 웃으려고 노력하기.

사랑받기에 마땅한 당신에게

자존감이 떨어졌을 때 타인과 나를 비교하기보다는
그 기준점을 나에게로 옮기는 노력이 필요하다.
타인과 나를 비교하는 것은 열등감을 불러오게 되는데
그럴수록 내 주변에 좋은 사람을 두면 되고,
그 사람들로부터 내 참된 가치를 인정받을 수 있다.

생각해보면, 지금의 위태로운 방황은 지극히 당연하다.
그 방황 끝에 '갈 길'을 반드시 찾을 수 있다.
지금의 고통이 삶의 지혜가 되어 나를 도와줄 것이다.

깊은 아픔을 겪은 후에야 비로소
삶의 행복과 의미를 얻을 수 있다.

내 삶의 주인공은 '바로 나'이다.
그 누구도 아닌 당신! 그러니 눈치 보지 말고 살자.
지금 당신의 노력이 모이고 모여 언젠가 빛을 내고,
인생을 밝혀주는 순간이 올 것이다.

꿈을 좇기에 너무 늦을 때는 없다.
당신은 지금까지 잘해왔고,
지금도 잘하고 있고,
앞으로도 충분히 잘 해낼 것이다.
그리고 내일의 당신은
오늘보다 더 많이 행복해질 것이다.

실패를 두려워하지 않는다
실수를 인정하는 사람은 —

우리는 살면서 무수한 실수를 하기 마련이다.

아주 사소한 것에서부터
가끔은 뜻하지 않게 얼굴을 붉힐 정도로
부끄러운 실수들도 저지른다.

누구나 실수를 할 수 있고,
그것이 꼭 잘못된 것이라고 볼 수는 없다.
다양한 경험을 통해 우리는 성장하고,

더 나아질 수 있는 기회를 얻을 수 있다.

중요한 것은 실수를 받아들이는 태도이다.

실패가 두려워서
실수를 받아들이지 못하는 사람들은
더 이상의 발전이 어렵다.
심한 경우, 자신이 했던 행동을 정당화시키기 위해
현실에서 도피해 스스로 만든 세계에 갇혀 살기도 한다.

반면에 실패를 두려워하지 않고
자신의 실수를 당당히 인정하는 사람들은
지속적인 노력 끝에 같은 실수를
반복하지 않으려 노력한다.
더 나아가 실패를 두려워하지 않게 된다.

실패를 극복하는 힘과 스스로에 대한
확신이 생겼기 때문이다.

물론 실수를 '쿨(cool)'하게 인정하고,
같은 실수를 반복하지 않는다는 게
말처럼 쉽게 되는 것이 아니다.

우리가 자주 쓰는 말 중에
'인간의 욕심은 끝이 없고 같은 실수를 반복한다'라는
이야기가 있듯이
같은 실수를 반복하지 않기 위해서는 그만큼의 시간과
노력이 필요할 것이다.

그 변화를 위해서 처음에는
불편함과 어려움을 감수해야겠지만,
실수를 인정하고 객관적으로 자기를 이해하려고
노력한다면 분명 실패를 두려워하지 않는
멋진 마음가짐을 갖추게 될 것이다.

실수를 인정하고 변하려는 사람은

실패하는 것을 두려워하지 않지만,

실수를 방치하고 회피하려는 사람은

실패가 두려워 아무것도 하지 못한다.

주변의 시선 따위는 신경 쓰지 않고,
신나게 웃고 떠들 수 있는 시간.

처음 해보는 새로운 경험들로 인해
종일 행복을 가득 채울 수 있는 시간.

오롯이 나만 생각하고,
나에게 집중하며 자존감을 채워주는 시간.

자존감이 높은 사람은
상대와 함께 높아지지만,
자만심이 높은 사람은
상대와 함께 낮아진다.

만약 당신에게 시련이 찾아온다면

대개 사람들은 삶이 불안하고,
여러 가지 문제를 함께 겪게 될수록
자신을 더 원망하고, 지난 행동들을 자책하곤 한다.
만약 그런 상황을 겪고 있다면,
이전보다 나를 더 아끼고 사랑해줘야 한다.

문제가 일어난 상황 자체는 분명
나로 인해 발생이 된 것이 맞다.

하지만 그렇다고, 그 문제 전부를
내 탓으로 돌릴 필요는 없다.

그 상황을 회피하고, 모든 책임을 전부
남 탓으로 돌리라는 것은 아니다.
너무 감정적으로 대처하기보다는
감당하기 힘든 상황일수록
객관적이고 이성적으로 판단하여
더 나은 선택을 해야 한다는 것이다.

너무 좌절하지 말자.
어느 정도의 시간이 흐르고
(때로는 정말 긴 시간이 필요하기도 하지만)
사소한 것이라도 조금씩 갈등이 해소된다면,
분명 불안했던 마음과 심리상태도 많이 안정되고
희망적인 시간을 맞이할 수 있을 것이다.

그 크기는 다르지만, 사람들은 살면서
누구에게나 한두 번쯤은 감당하기 힘든
시련이 찾아올 수 있다고 생각한다.
나 역시도 청소년 시절, 감당하기 힘든 시련을 만났다.
고등학교 3학년, 백혈병 암 판정을 받은 후로
생전 입원 한 번 하지 않을 만큼 건강했던 나는
감히 상상하기도 어려운 다양한 시련을 경험하게 되었다.

시련이 더 깊어질수록
육체적, 정신적 고통도 비례해서 커졌지만,
그럴수록 나를 더 사랑하고 아끼면서
언젠가 '보통의 삶'으로 돌아가기를 갈망했다.

그러면서 인간은 생각보다 새로운 환경에 대한
적응력이 높다는 것을 깨달았다.

사람은 누구나 어떠한 상황도 이겨내고,
다시금 일상으로 돌아올 수 있는 능력을 갖추고 있으며

스스로가 만든 감정에 갇히지 않고 본질에 집중하면,
결국 이겨내지 못할 것도 없다는 게 나의 생각이다.

감당하기 힘든 시련들의 반복으로
당신의 마음이 너무나 두렵고,
'멘탈(mental)' 역시 마구 흔들릴 수 있겠지만,
그 위기를 이겨낼 수 있다면
모든 경험이 기회로 돌아와
삶을 지혜롭게 살아갈 수 있도록 도울 것이다.

'모든 시간은 지나가기 마련이다.'

당신의 현재가 비록 절망이라 해도
당신의 미래는 더 이상 없을 것 같았던
보통의 삶을 만나게 될 것이다.

정이 많은 사람의 특징

정(情)이 많은 사람이
처음에는 경계가 더 심해요.

그들은 아끼는 사람이 생기면
아낌없이 자신의 마음을 나눠주고,
그 나눠줬던 마음 때문에
또 상처받기도 한답니다.

새로운 사람을 만나면 경계하고,
또다시 마음이 열리게 돼서

과거는 잊어버린 채 언제 그랬냐는 듯
자신의 모든 것을 다시 내어줍니다.

그들에게 중요한 것은
머리가 아닌 마음이니까요.

그런 사람이 주위에 있다면
당신은 정말 복 받은 사람입니다.
그러니 절대로 놓치지 마세요.

그들의 마음을 지켜주세요.
그리고 더는 상처 주지 마세요.

현실 자각이 필요한 이유

자신의 부족함을 느끼는 것이
누군가에게는 '득'이 되기도 하고,
누군가에게는 '독'이 되기도 한다.

현실을 자각하고,
변하려고 최선을 다한다면 변할 것이고,
현실을 외면하고,
피하고자 최선을 다한다면 멈출 것이다.

한 치 앞도 예측이 어려운 삶이지만,
변화하려는 생각을 행동으로 옮긴다면
당신에게는 '길'이 되어줄 것이다.

내 마음 지키기

누군가와 관계를 맺을 때
생각 이상으로 친절을 베푸는 사람에게
너무 마음을 주지 마라.

간혹 사심 없이 자신의 것을
나누는 사람도 있지만,
대개 그런 사람은
얻고자 함이 분명히 있어서
당신에게 접근했을 가능성이 크다.

그리고 원하는 바를 얻고 나면
언제 그랬냐는 듯이 가볍게 인연을 끊고,
아무렇지 않게 다음 목표를 향해
떠날 수도 있다.

자신의 필요로 관계를
맺고 끊는 사람을 조심해야 한다.

사람들의 기분과 태도에 의해
당신의 신념이 흔들리지 않도록
강하고 단단한 마음을 품어보자.

당신을 위하여
행복하게 살아갈

너무 많은 고민과 스트레스들이
모두 다 사라져버렸으면 해.

어정쩡하고 애매한 관계들은
과감히 정리했으면 해.
다른 사람들보다
나를 좀 더 신경 쓰며 살았으면 해.

너무 바빠서 신경 못 쓴 사람들에게
'고맙다'라고 연락해 봤으면 해.

평소 버리지 못한 옷과 물건들이 있다면
모두 말끔하게 정리했으면 해.

힘든 일이 있었다면 훌훌 다 털어버리고,
이제는 더 행복했으면 해.
그리고 몸도 마음도
더 이상 아프지 않았으면 해.

'이제는 당신이 더 행복해졌으면 해.'

뇌 스위치 끄기

오늘 하루도 복잡한 삶 속에서
이리저리 치이고 힘들었을 당신,
'고생했어요.'

힘들어서 무너질 수 있어요.
그건 사람이기에 당연한 일이에요.
그렇다고 포기하지는 마세요.
포기하면 다시 일어나기 힘드니까요.

피곤할 때는 아주 잠시,
'뇌 스위치'를 OFF 해도 돼요.

꿈이 사라지면,
— 또 새로운 꿈이 오니까

'열정'은

사람을 나에게 이끄는 힘이 되고,

'꿈'은

그 열정이 지속될 수 있게 힘이 되어준다.

지금까지 꿈 하나만을 보며 달려왔고,

그 과정에서 많은 것을 포기해야만 했다.

그리고 마침내 나는
그토록 원하던 꿈에 도착했다.

그런데 막상 꿈을 이루고 나니
갑자기 헷갈리기 시작했다.

'내가 진짜로 원했던 게 이게 맞았는지.'

나는 오늘도 '새로운 꿈'을 찾아 떠난다.

모든 것이 처음이라
서툰 당신에게

세상을 향한 용기가 없어서
현실을 똑바로 바라보기가 힘들었다.

상처받는 것이 두려워서
스스로 큰 벽을 만들고,
그 안으로 숨어들었다.

처음이라서 그랬다.
모든 것이 처음이기에

낯설고, 두렵고, 어색해서
무엇보다 상처받기가 싫었다.

그러다가 깊은 고뇌에 빠졌다.
'나는 왜 이렇게 태어난 걸까?'
스스로 자책하기도 하고,
'저 사람처럼 평범하게 살고 싶은데…'
또 누군가를 부러워하기도 했다.

다양한 고민과 온갖 노력 끝에
그에 대한 해답을 찾았고,
그 해답을 행동으로 옮겼다.

때로는 시행착오를 겪기도 하고,
더러는 낙심해 주저앉기도 했다.

그러면서 이제는 조금 알게 되었다.

지금껏 겪어온 수많은 경험이
내게 방패가 되고, 날개가 되어
다가올 많은 시련을 막아주고,
더 멀리 나아가게 돕는다는 것을.

그리고 이 모든 시간은
부족한 내가 더 성장하는데
꼭 필요한 과정이었다는 것을.

낯설기만 했던 '처음'의 의미가
이제는 더 큰 설렘으로 다가와
내일의 햇빛을 더 찬란하게 비춘다.

제2장

오늘을, 살아가는 당신에게

가끔은 익숙함에서 벗어나 새로움을 만나도록 해

만약 지금 당신의 삶이

지루하고, 무기력하게 느껴진다면

평소에 걷지 않았던 새로운 길을 걸어봐.

가끔은 익숙하고 편한 것들을 벗어나서

새로운 도전을 해야 할 필요가 있으니까.

그리고 경험하지 못했던 그 신선한 감정들이

당신의 삶에 새로운 활력이 되어줄 수도 있으니까.

우리는 익숙함이라는 것에 대해서
익숙해지는 것 또한 경계해야 해.
익숙함은 삶에 안정감을 가져다주지만,
때론 변화의 걸림돌이 되기 때문이야.

만약 당신이 지금, 이 순간 변화를 원한다면
익숙함을 낯설게 만들어 볼 필요가 있어.
물론 낯설고 새로운 것들은 그 과정이 험난하고,
여러 번의 시행착오를 겪을 수도 있겠지만.

그 과정에는 분명히
당신의 가슴을 다시 뛰게 할
삶의 변화가 기다리고 있을 거야.

두렵다고 피하지 말고 당당하게 맞서봐.

막상 살아보니, 도망친다고
더 나은 내일이 오진 않더라고.

빛나는 내일을 위해
두려운 오늘을 이겨내 보는 거야.

익숙함에 머물 것인지.
새로움에 도전할 것인지.

머무는 것도, 도전하는 것도
오롯이 당신의 선택에 달려있어.

위로받고 싶은 그런 날

아무 이유 없이 —

아무 이유 없이 그냥 누군가에게
위로받고 싶은 그런 날이 있다.

그 순간 당신에게 필요한 사람은

“너 하고 싶은 대로 해!”

말해줄 딱 한 명.

걱정하지 마, 당신은 지극히 정상이야.

괜찮아, 당신은 이미 충분히 잘하고 있어.

가끔은 서툴러도 괜찮고,

또 잠시 뒤처져도 괜찮아.

조금 다칠 수도 있는 거잖아.

처음에는 모든 게 낯설고 어설퍼서

넘어지고, 다치고, 실수투성이일지 몰라도

언젠가는 다른 사람과 마찬가지로

일어나서 걷고 뛰게 될 테니까.

그러니, 너무 걱정하지 마.

조금 느려도 괜찮아.

내가 당신을 기다릴 테니

그러니 우리 함께 가자.

지금 당신의 길이 보이지 않아서
걷기가 두렵고, 망설이고 있다면
더 이상 두려워하지 마.

지금 서 있는 그곳이
앞으로 당신이 가야 할
그 길의 시작점일 테니.

희망이 주는 힘

당신에게는 아직 희망이 존재한다.
죽고 싶은 그 순간에도 희망은
마음속에서 당신을 기다리고 있다.

많이 힘들더라도
조금만 더 용기 내보자.
조금만 더 힘을 내보자.
그리고 스스로를 믿어 보자.

그러면 분명 숨어있던
마음속 희망이
당신 앞에 나타날 테니.

당신은 어떤 영향을 주는 사람인가요?

유난히 밝고 긍정적인 사람들이 있다.

그들은 사소한 일들에도 감사할 줄 알고, 크게 감동한다.

그리고 자주 웃으며, 무엇보다 자신의 감정에 솔직하다.

맹모삼천지교(孟母三遷之教)라는 맹자의 예화가 있다.

맹자가 어린 시절 어머니와 이사를 했는데

묘지 근처에 가니 곡소리를 흉내 내고,

시장 근처로 가니 장사를 흉내 냈으며,

서당 근처로 가니 글 읽는 흉내를 냈다.

이 이야기는 주변 상황과 환경이 사람에게
큰 영향을 준다는 사실을 알려준다.

주변 사람들이 내게 주는 영향력 역시 마찬가지다.

긍정적인 사람들과 함께 시간을 보내면
내가 소중한 사람처럼 느껴진다.
또 나도 모르게 함께 웃게 되고,
긍정적인 사람으로 변하게 된다.

반대로 부정적인 사람과 함께 시간을 보내면
나 역시도 부정적인 사람으로 변하게 된다.
사소한 일에도 화가 나고, 또 쉽게 감정적으로 변한다.

사람과의 사귐은 잘 만나는 것도 중요하지만,
때로는 잘 피하는 것도 중요하다.

'당신은 어떤 영향을 주는 사람인가?'

누군가에게 긍정적인 영향을 주는 것도
아니면 부정적인 영향을 주는 것도
당신의 선택에 따라 달라질 수 있다.

우리는 모두 별처럼 빛난다

나의 하루의 일상은 별이다.
모든 별 하나하나가 전부
의미를 갖고 있지는 않지만,

어느 순간 그 별들이 모여서
새로운 별자리로 나타나게 되며
그 별자리는 새로운 의미가 된다.

우리의 삶 역시도 마찬가지이다.

나의 일상과 당신의 일상이 만나
'우리'라는 새로운 별자리를 만들고,
그 별자리는 새로운 의미를 갖게 된다.

또 우리가 함께 만들어가는 그 의미들이 모여
모두의 삶을 이어주고 은하(銀河)*를 이룬다.

*수많은 별이 모여 하나의 은하수(銀河水)를 이룬다.

오늘 기분은 어떤가요?

오늘만큼은

당신이 해야 하는 일이 아니라

평소 하고 싶었던 일들을 적어보세요.

그리고 그 모습들을

눈감고 한번 상상해보세요.

그럼 당신도 모르는 사이에

기분 좋아질 거예요.

앞이 보이지 않더라도 걱정하지 마

앞이 보이지 않더라도 걱정하지 마.

지금은 당신이 가고 있는 길이
지도에서 보이지 않더라도

일단 걷고 나면, 당신만의 길이 되어
원하는 목적지로 이끌어줄 테니까.

뭐든 '안 된다'라고 말하기 전에

일단 '난 된다'라고 생각을 해봐.

고정관념을 깬다는 것은
'안 된다'를 '난 된다'로 바꾸듯
아주 사소한 것에서부터 시작돼.

그러니
'나는 안 된다' 말고,
'아니, 나니까 된다' 생각해.

그렇게 의미 없이 스쳐 지나가던 모든 것이
아이러니하게 당신 삶의 의미로 다가와
당신만의 지도가 되어 줄 테니.

행복은 노력하는 사람에게 더 자주 찾아온다

행복은 누구에게나 찾아올 수 있긴 하지만,
노력하는 사람에게 더 자주 찾아오기 마련이다.

당신이 지금, 이 순간 행복해지기를 원한다면
마냥 기다리고 있거나 바라지만 말고,
주변에서 행복해질 수 있는 일들을 찾아서
자주 생각하고, 그 감정을 느껴야 한다.

행복은 누군가가 만들어주는 게 아니라
보다 적극적으로 행복해지기를 원하고 노력하는
그런 사람들에게 더 자주 찾아오기 마련이니까.

오늘 하루를 행복하게 보내기 위해
일상 속 작은 일부터 시도해 보자.
행복은 생각보다 가까운 곳에 있기 마련이다.

첫째, 따스한 햇살을 느끼며 일어나기.
둘째, 사랑하는 사람에게 연락하기.
셋째, 사소한 것에도 스스로 잘했다고 칭찬해주기.
넷째, 하루에 한 번은 하늘을 바라보기.
다섯째, 먹고 싶은 거, 하고 싶은 거 생각날 때마다 적기.
여섯째, 시시한 이야기들로 수다 떨며 시간 보내기.
일곱째, 하루 동안 감사했던 일들 생각해 보기.
여덟째, 새로운 내일을 기대하며 설레는 맘으로 잠들기.

우리가 살면서 하는 모든 노력은 모래알과도 같다.

당장은 그 변화들이 눈에 보이지 않아서
의미 없는 일처럼 느껴지기도 하지만,
포기하지 않고 조금씩 노력을 쌓다 보면
어떤 상황에도 쉽게 부서지지 않는
나만의 모래성을 만들 수 있을 것이다.

그러면 오늘 하루를 행복하게 살았다고,
가치 있는 하루였다고 생각하게 될 것이다.

행복은 보통 우연히 찾아오지만,
노력하는 사람에게는
더 자주 찾아오기 마련이니까.

누군가에게 위로가 되길

하루에 한 번씩은
누군가를 웃음 짓게 해보세요.
그 순간을 마음에 새기고 기억해보세요.
그러면 아마 당신도 같이 행복해질 거예요.

세상 그 어떤 말보다
가장 큰 힘이 되는 건
바로 당신의 진심이니까요.

또 나를 응원해줄
누군가가 있다는 것만으로,
내가 응원해줄 수 있는
누군가가 있는 것만으로
살아갈 힘이 되곤 해요.

꿈이 있다면
이루고 싶은

꿈꾸는 것은 누구나 가능하지만,
그 꿈을 현실로 만들기 위해서는
당신의 '진짜 노력'이 필요해.

그러니 만약 이루고 싶은 꿈이 있다면
숨기지 말고 한번 써보는 거야.

처음 꿈을 써 내려가던
그 느낌과 감정들을 떠올려봐.

잠시 깊게 호흡을 해보는 거야.

그리고 그 순간,
당신이 살아있다는 것을 느껴봐.
그리고 눈앞의 현실을 바라봐.

행여나 꿈을 억지로 만들지는 마.
과정 역시 그 꿈의 일부니까.

그렇게 당신의 새로운 꿈들을
끄적끄적 써 내려가 보는 거야.

그리고 그 꿈이 이뤄지길
간절히 마음으로 바라고,
그 마음을 담아서 행동해봐.

당신은 세상의 단 하나뿐인 주인공이고,
어떤 이유에서도 사랑받아 마땅하고,

존재만으로 충분히 빛나고 있으니.

'그러니 자신을 절대 의심하지 마.'

하나씩 하나씩 이뤄나가다 보면
언젠가는 써놨던 그 꿈들이 분명
현실이 되어 당신에게 나타날 거야.

그해 여름,
너는 나의 첫 단비다

너를 바라본다.

하늘에서 내려오는 널 바라본다.
움푹 파인 길 위에 네가 머문다.

나는 네게 집중한다.
너의 울림,
너의 움직임,
그리고 너의 느낌.

그해 여름, 너는 나의 첫 단비다.

변함없는 너여서 좋다.

때때로 내가 삶에 쫓기고 지쳐
갈피를 못 잡고 흔들리더라도,

넌 여전히 그 자리를 지킬 테니까.
난 또다시 그 자리를 찾아갈 테니.

웃는 게 예쁜 네가 좋다.
그냥 네가 웃는 게 좋다.

너의 환한 웃음을 보면서
나도 웃는 법을 배우고 있다.

너의 웃는 얼굴을 보고 있으면
어느새 나도 너에게 물들어간다.

당신의 꿈을 응원해

누군가와 함께 내일을 꿈꿀 수 있다면
그것만으로 내가 살아갈 이유는 충분하다.

타인의 꿈을 소중히 여길 줄 알아야만,
자신의 꿈을 소중히 여길 수 있다.

세상 그 누가 뭐라고 해도
난 당신의 꿈을 응원해.

아무것도 하기 싫은 그런 날

생각하기 싫고,

누가 말 걸어도 대답하기 싫고,

일도 권태기가 왔나 하기도 싫고,

에스엔에스(SNS)를 해도 딱히 재미가 없고.

그냥 좀 쉬고는 싶은데

시간은 계속해서 흐르고,

어쩔 수 없이 나를 위로하며

사무실 의자에 앉는다.

아무 이유 없이
아무것도 하기 싫은
그런 날이 있다.

그렇다고 세상의 기준에 맞춰
너무 조급해하지 말자.
나는 나대로
분명 나아지고 있으니까.

당연한 일상마저 사라져버릴 때

당연하다고 느끼던 일상이 사라져버릴 때
우리는 비로소 그 소중함을 깨닫곤 한다.

모두에게 똑같이 흐르는 이 시간들이
누군가에게는 너무 지루한 시간이고,
또 누군가에게는 너무 소중한 시간일 수 있다.

그 소중함이란,
당연하다고 느끼던 모든 것들이 사라졌을 때
방심하고 있던 그 찰나의 틈을 통해 찾아온다.

그리고 당신이 그 소중함을 깨닫는 순간은
이미 늦어 다시는 붙잡지 못할 수도 있다.

'네가 헛되이 보낸 오늘은, 어제 죽은 이가
그토록 그리던 내일이다'라는 말이 있다.

앞으로의 삶을 후회로 채워가고 싶지 않다면
우선 지금 이 순간들에 온전히 집중하도록 노력하며
내게 주어진 하루하루에 감사하며 살아가도록 해보자.

소망 있는 행복

내가 아무리 노력해도
세상을 바꾸는 일이 쉽진 않겠지만,
그 노력들이 모인다면
누군가에게는 세상이 될 수도 있어요.

힘들지만, 잠깐의 불행이 지나가고 나면
우리는 더 큰 행복을 느낄 수 있어요.

과감히 도전하기

여전함에서 벗어나

여전히 그 자리에 머물 것인지.
과감히 더 앞으로 나갈 것인지.

여전히 고민으로 끝낼 것인지.
과감하게 도전을 해볼 것인지.

여전히 남 탓으로 돌릴 것인지.
과감히 반성하고 변할 것인지.

여전히 우울함에 빠져 살든지.
과감히 세상으로 나올 것인지.

때론 여전했던 내 삶을 정리하고,
과감하게 새 삶을 시작해야 한다.

여전히 당신의 존재는 빛이 나며
과감한 당신도 역시 빛이 난다.

여전함에서 벗어나 과감히 도전하고,
오직 당신만의 주도적인 삶을 살아가기를.

기다리는 것만으로
떠오르는 태양을 —

사람들은 누구나 저마다의 방향을 가지고 있다.

다른 환경에서

다른 생각을 하며

다른 삶을 살아가고 있다.

하지만 한 가지, 모두가 같은 것이 있다.

'행복해지고 싶다'라는 생각.

행복은 당신과 나,
과거에서 현재까지
인류를 이어주고 있는
찬란한 우리의 마음속 유산이다.

그러니 우리 치열하게 행복해지자.

동전의 뒷면을 보기 위해서는
동전을 뒤집어야 한다.

행복도 마찬가지다.

행복한 삶으로 뒤집기 위해서는
안 좋은 면보다 좋은 면을 보려 노력하고,
불행할 것들보다 행복할 것들을 찾아보는
스스로 행복해지려는 노력이 필요하다.

기나긴 장마가 끝나 하늘은 석양으로 물들었으며,
다시금 뜨거움을 식혀줄 선선한 바람이 찾아왔다.
우리는 여느 때처럼 새로운 내일을 맞이할 것이다.

떠오르는 태양을 기다리는 것만으로
설렐 수 있음에 감사한 이 밤이다.

긍정의 힘

세상을 조금 긍정적으로 바라보는 게
그리 힘든 일은 아니잖아.

밤이 지나면 아침이 오고,
겨울이 지나면 봄이 오듯.

이 춥고 어두운 겨울의 밤이 지나고 나면,
언제나 그랬듯 당신이 기억하는
그 따스하고 밝은 봄이 찾아올 거야.

모두에게 좋은 사람일 필요는 없다

모두에게 좋은 사람이 되려고 노력할 필요는 없어.

그런 시간들이 자꾸 쌓이면
너의 감정만 소모하게 되고,
정작 챙겨야 할 사람들을 놓치게 만드니까.

많은 사람이 아니더라도 좋으니
지금 너의 곁을 지키고 있는 소중한 이들과
더 깊은 관계를 맺도록 노력해 보는 거야.

앞으로도 그들이 너에게 좋은 사람이 되고,

너 역시 그들에게 좋은 사람이 될 수 있도록.

그리고 또 당신이 힘들 때마다

매번 묵묵히 이야기를 들어주는 사람이 있다면,

그 사람의 마음을 꼭 알아줬으면 해.

그 사람은 시간이 많아서 들어주는 게 아니라

당신과의 소중한 관계를 지키기 위해

최선을 다하는 거니까.

하지만 그 시간이 영원할 거라는 생각은 하지 마.

그도 사람인지라 당신에게서 진심이 느껴지지 않으면

미련 없이 당신을 떠나갈 테니까.

달리기와 인생살이

나는 자주 달린다.

너무 빠르게 뛰면 금방 지치고,
너무 천천히 뛰면 금방 질린다.

달리다 보면
어느 순간은 빠르게 뛰어야 하고,
어느 순간은 천천히 뛰어야 한다.

가끔은 '빠르게',
그러다가 '천천히'를 반복한다.

그 과정을 통해 스스로 페이스(pace)를 찾고,
호흡에 집중하며, 점차 나와 친해지게 되는 것이다.

인생살이도 역시 마찬가지이다.

천천히 방향을 정해야 하는 순간이 있고,
정해진 방향을 위해 빠르게 달려야 할 때가 있다.

그리고 때로는 빠르지도, 느리지도 않게
적당하게 중간을 유지하며 달려야 할 때도 있다.

달리기도, 인생살이도
나를 이해하고 나아가는 것이 중요하다.

끝까지 준비하고 노력한다면

살면서 당신이 얻게 될 것들에는
반드시 그 크기에 알맞은 준비와
충분한 노력의 시간이 필요하다.

이 세상에 노력 없는 성취는 없다.
간혹 그런 것들이 있다고 해도
쉽게 얻는 만큼, 쉽게 잃기 마련이다.

아직 원하는 바를 이루지 못했다면
스스로 자기 부족함이 뭔지 되돌아보자.
당신의 노력이 진짜라면 걱정하지 말자.

의심을 거두고, 자신감과 확신을 채우자.
지금까지 잘해왔으니 부족한 1%를 채우면
당신의 노력이 모여 빛나는 순간이 온다.

다르게 바라보는 연습

삶이란 건 가벼운 마음으로
살수록 더 행복할 수 있는데,
짐처럼 무거운 마음으로
살아가고 있지 않은지.

너무 앞만 보고 달리다 보니
정작 주변은 신경 쓰지 못하고,
놓치고 살고 있진 않은지.

최고로 잘하길 바라기 전에
최선을 다해 사는 것이 먼저가 아닐지.

결과에 너무 목숨을 걸어
그 과정 안에서 느낄 수 있는
소소한 추억들을
잊고서 살아가진 않는지.

일과 삶에 치여서 여유도 없이
앞만 보고 살아가다 보니
웃는 법마저 잊어버린 채
살아가고 있진 않는지.

너무 치열하게만 살면
정작 중요한 것들을
놓치게 되는 경우가 있다.

아주 작은 틈을 비집고 들어오는 균열은

처음에 티가 나지 않기 때문에
놓치는 경우가 많다.

하지만 시간이 흘러
그 균열의 틈이 커지고,
틈이 점점 갈라져서 나중에는
다시 되돌릴 수 없는 상태를 만든다.

살면서 한 점에 집중하여
자신의 신념을 지켜나가는 것도 중요하지만,
가끔은 내가 살아온 시간에서 잠시 벗어나서
유연한 사고를 갖고 새로운 것들을
받아들여야 하는 순간이 반드시 찾아오기 마련이다.

물론 무조건 받아들이라는 것은 아니다.

하지만 현재의 삶이 삐걱거리고,
새로운 변화가 필요하다 느껴진다면

열 번 중 한 번 정도는 지금까지
걷지 않았던 길로 걸어보길 바란다.

그 한 번의 선택이 당신의 삶을
전혀 다른 방향으로
이끌지도 모르기 때문이다.

변화는 아주 ―
사소한 것에서 시작된다

처음 보았을 때, 그것은 분명 '벽'이었다.

하지만 난 멈출 수 없었고, 누구보다 절실했다.
그래서 계속 걸어야 했고, 막힌 벽이지만 밀었다.

분명 벽이라는 걸 알았지만,
그것밖에 할 줄 아는 게 없으니
그냥 무식하게 밀었다.
밀고 또 밀었다.

그러다 어느 순간
벽이 밀리고, 조금씩 움직이기 시작했다.

그리고 벽이 아니라는 확신이 들기 시작했다.

마침내 그 벽처럼 느껴지던 것이 열리고,
새로운 세계가 내 눈앞에 나타났다.

내가 벽이라 상상했던 그것은
사실은 단단한 '문'이었다.

계속해서 두드리고, 또 두드리다 보니
그 벽처럼 느껴지던 문이
결국 나에게 새로운 '길'이 되어 줬다.

살다 보면 나의 의지로는 변화시키기
힘든 환경을 만날 수 있을 것이다.

그런 순간이 오면 당황하지 말고,
현재에 집중하는 자세가 필요하다.

너무 과하지 않게 아주 사소한 것부터
변화시키도록 노력해보자.

변화란 사소한 것들에서부터
시작되니까 말이다.

그런 당신의 사소함이 모이다 보면
언젠가 인생을 변화시킬 날이 올 것이다.

내 앞이 낭떠러지면 뒤로 돌아가야 하고,
내 뒤가 낭떠러지면 앞으로 갈 수밖에 없다.
지금 당신의 눈앞에 만약 낭떠러지가 보인다면
낭떠러지의 위치를 당신의 뒤로 옮겨라!

행복에 관하여

행복한 일이 올 거라면
미리 알려주지 마세요.
그래야 더 행복해할 거 아니에요?

그리고 불행한 일이 올 거라면
꼭 미리 알려주시고요.
마음의 준비 좀 하게요!

그 불행이 엄청나게 큰 불행이라면
그전에 행복 좀 많이 보내주세요
그래야 버틸 수 있잖아요.

마지막으로
불행한 일은 되도록 오지 말게 해주세요.

지금껏 많이 힘들었으니까요!
아시겠죠?

지키는 게 먼저다
주는 것보다

나를 지키는 것이 우선입니다.
괜히 도와준다며 베풀지 마세요.

먼저 당신이 지금 베풀 수 있는 사람인지 생각해보세요.
그리고 베풀 수 있다면, 내 살을 내어주는 것이 아니라
이미 갖고 있던 여유분의 물과 음식을 나누어 주세요.

그래야 주는 사람도, 받은 사람도 서로 행복할 수 있어요.
부디 내 것을 먼저 지키고, 지켜왔던 것들로 나눠주세요.

그 기적 같은 순간에 감사해

가끔 바라보곤 한다.

정신없이 살다 보니
옅어져 가는 나의 기억들을

흐르는 풍경 속에 눈길을 건네
그 지난 시간을 되짚어보면,

왜 이리도 바쁘게 살았던 걸까?

가끔 보이는 이 풍경이
이리도 많은 이야기를 해주는
소중한 친구라는 걸.

그 친구가 만들어 준 찰나의 순간
그 기적 같은 순간에

나 오늘도 감사해.

다른 사람의 색에 가려져
내 색은 자꾸 사라지고 있다.

매일매일 얼굴은 웃고 있는데,
마음은 좀처럼 웃지 않는다.

가을 하늘은 높다고 하는데,
요즘은 하늘을 본 적이 없다.

지금 내 마음에 여유가 없고,
자꾸 쫓기는 느낌이 든다면
잠시 멈추어 주변을 둘러보고,
일상에서의 행복을 찾아보자.

좋은 사람인지 아닌지 — 구분할 수 있을까?

'좋은 사람'과 '나쁜 사람'을 구분하는 게
사실 쉬운 일은 아니다.

처음에는 정말 좋은 사람처럼 느껴져서
이 사람과 함께라면 평생을 함께할 수 있겠다는
생각이 들다가도 결국은 허탈하게
떠나 버려 상실감을 크게 느끼곤 한다.

말과 행동이 다른 사람, 필요할 때만 찾는 사람 등

스스로 생각하던 좋은 사람의 기준이
어느 순간에는 무너져감을 느끼고,
기대가 컸던 만큼 그 실망감은 배가 되어 찾아온다.

좋은 사람을 구분하기가 어렵다면
이렇게 한번 생각해보자.

나와 맞는 사람과 맞지 않는 사람을 정리해보는 것이다.
이것은 처음의 내용보다는 비교적 쉽게 할 수 있을 것이다.

처음부터 누군가를 '좋다, 나쁘다'로 판단하기 전에
시간을 충분히 갖고 나와 맞는 사람들의 특징들을
기록하거나 기억해놓는 것이다.

그 사람이 나와 맞는 사람이라고 느껴지면,
지속적인 관계를 맺으며
점차 '나의 사람'으로 만들어도 좋다.

물론 처음부터 이 방법이 쉽다고 말하지는 않겠다.
하지만 적어도 내가 더 이상 상처를 받지 않기 위해서
나와 '안 맞는 사람'을 구분하는 기준이 되어줄 것이다.

우리는 인생을 살아가며
정말 많은 시간을 인간관계를 맺는 데 사용하며
가끔은 어떤 사람으로 인해
너무 행복감에 가슴이 벅차오름을 느끼고,
또 가끔은 어떤 사람으로 인한 배신감에
절망과 좌절을 맛보기도 한다.

앞으로는 부디 그 혼란의 시간 속에서
현명하게 관계를 맺어가기를 바란다.

삶의 문제 해결을 위해 필요한 것들

사람은 누구나 다양한 문제를 갖고 살아간다.
그걸 어떻게 인식하고
어떤 방식으로 접근하느냐에 따라
문제의 결과는 굉장히 다르게 나타난다.

문제를 해결하는 일련의 과정을 겪다 보면
종종 심각하게 생각하던 것들이
전혀 문제가 아니었다는 걸 깨닫기도 한다.

그 문제를 인식하고 해결해 나가는 과정에서
꼭 필요한 건 바로 '객관화'와 '실행력'이다.

먼저 자기 객관화를 통해서
자신이 겪는 문제를 지나치게 확대해석하거나
감정적으로 해결하지 않도록 노력해야 하며
문제를 회피하지 말고 '있는 그대로'를
끊임없이 해결하려는 행동이 필요하다.

이러한 과정을 병행하다 보면
적어도 반복되는 문제들에 대한
나름의 해결책을 찾을 수 있을 것이다.

앞으로 찾아올 다양한 문제들에
겁부터 먹지 않기를 바라며
더 빛나게 될 당신의 삶을 응원한다.

제3장

내일은, 더 빛날 — 당신에게

희망이 없다고 믿는 당신에게

당신에게는 아직 희망이 존재한다.
죽고 싶다는 마음을 먹은 그 순간에도 희망은
마음속에서 당신을 기다리고 있다.

많이 힘들더라도 조금만 더 용기 내보자.
조금만 더 힘을 내보자.
그리고 자신을 믿어 보자.

지금 이 순간 느끼는 좌절과 절망의 감정들이

때론 '삶을 포기하라' 이야기할 때도 있겠지만

버티고 이겨내다 보면, 그 언젠가는
추억이 되어 날 응원해줄 것이다.

죽을 용기를 내었으니,
당신은 다시 살기 위한 용기도 낼 수 있다.
희망은 절망의 끝에서 비로소 찬란한 빛을 낼 수 있다.
절망이 희망으로 바뀌는 그 순간,
당신의 삶 역시 변화할 것이다.

그 절망의 시기가 끝나고 나면 분명
당신의 행복 역시 반드시 찾게 될 것이다.

행복도, 불행도
스스로가 결정하는 것이다.
행복의 기준은 각기 다르고,

그 기준을 조금 낮춘다면

행복은 그리 멀리 있는 게 아니다.

인생은 스스로 만들어가는 것이기에

더 가치 있고 의미 있는 것이다.

다시 — 괜찮아지는 중입니다

나의 부족함을 스스로 인정하고,

내 감정에 더 솔직할 겁니다.

타인에 대한 원망과 증오의 마음도

나를 위해서 이제 내려놓으려고 합니다.

세상을 향한 욕심과 욕망들도

잠깐 멀리하려고 합니다.

지금 느끼고 있는
이 사사로운 감정들 역시
시간이 지나면 나아질 것입니다.

다른 사람들에게 애써
내 삶을 설득하기 위해
노력하지 않을 겁니다.

꽤 오랜 시간이 걸리고
가다 보면 방황도 좀 하겠지만,
내가 나아가고 있는 이 길이
틀리지 않다는 걸 증명할 겁니다.

삶에 대한 확신을 만들 것입니다.
언젠가 그 순간이 반드시 올 거라고,
나는 믿어 의심치 않습니다.

여태까지 그렇게 살아왔고,

앞으로도 그렇게 살아가려 합니다.

내가 가진 가장 큰 무기는
바로 '나답게' 그리고 '나로서'
살아가는 것이니까요.

내가 '나로서', '나답게' 살아갈 때
진짜 행복이 찾아오기 마련이니까요.

살면서 내가 가장 빛나던 순간은
무슨 일이 있어도 오롯이
'나답게', '나로서' 살아왔던 시간들이다.

조금 느리더라도
조금 어설프더라도
남들과 조금 다르더라도
괜찮다는 것을 배웠다.

나는 나만의 방식으로
분명 더 빛나고 있으니까.

당신은 결코 멈춰있는 게 아닙니다

지금 멈춰있다고 너무 자신을 자책하지 말아요.

당신은 결코 멈춰있는 게 아닙니다.

단지 여태까지 쉼 없이 달려왔기 때문에

잠깐의 휴식이 필요한 것뿐이에요.

정말 지치고 힘들 땐 잠시 쉬어도 괜찮아요.

잠깐 쉰다고 해서 당신의 삶이 끝나진 않으니까요.

인생은 '장거리 달리기'라는 말이 있어요.
이 세상은 단지 '단거리 달리기' 하나로 끝나지 않습니다.

지금의 달리기가 끝나면,
또 새로운 달리기를 시작하게 되고
이후에는 또다시 새로운 목표를 찾아내어
그 목표를 향해 달리게 됩니다.

지금 시간은 결국 당신을 더 성장시키기 위한,
또 인생의 길고 긴 '장거리 달리기'를 위한,
그 과정에 포함되어 있다는 걸 알아주세요.

당신의 소중한 오늘을 위해서도
앞으로 가야 할 미래를 위해서도
당신은 결코 멈춰있는 게 아닙니다.

그러니 지금 잠시 멈춰있다고 해서
너무 기죽거나 자책하지 말고,

앞으로 더 나은 미래를 위해서

충분히 쉬어주세요.

쉼은 또 다른 시작을 위한 준비과정이에요.

준비된 상태로 뭔가를 바라는 것은 절실함이고,

준비도 없이 바라기만 한다면 그건 조급함이에요.

'좋은 사람'에게만 — 좋은 사람이면 된다

살면서 '좋은 사람'을 만나는 것도 중요하지만,
사실 좋지 않은 사람을 만나지 않는 게
인간관계에서는 더욱 중요하다.

예전의 나는
어떤 사람과도 잘 지내려 노력하고,
어떻게든 좋은 관계를 유지하고자
뭐든 상대에게 맞춰 살기도 했었다.

하지만 그런 관계들은
오래 지속되지 못했고,
결국에는 나 혼자 상처받고,
그 사람도 곁에서 떠나갔다.

살다 보니 알겠더라.
진짜 '좋은 사람'들은
내 곁을 항상 지켜주고 있었고,
모든 사람에게 잘 보이려
노력할 필요가 없다는 것을.

그 사람들과의 관계에
집중하다 보니까
나답게 살아가는 법을 알았고,
자존감도 많이 높아질 수 있었다.

그러니 스쳐 가는 모든 사람에게
좋은 사람이 되려고 노력하지는 말자.

내 곁에서 나를 좋게 봐주는 사람들과

내일을 향해 함께 걸어가면

오늘도 충분히 행복한 삶을 살아갈 수 있다.

만나면 독이 되는 사람들 유형

첫째, 상대를 대놓고 무시하는 사람.

둘째, 자기 입장만 생각하는 사람.

셋째, 부정적인 생각이 가득 찬 사람.

넷째, 자존심은 세고, 자존감은 낮은 사람.

다섯째, 남의 이야기는 전혀 안 듣는 사람.

여섯째, 남의 이야기를 타인에게 전하는 사람.

일곱째, 자신이 필요할 때만 찾는 사람.

여덟째, 무슨 일이든 남 탓부터 하는 사람.

아홉째, 자기 기분에 따라 말이 바뀌는 사람.

열째, 겉과 속이 전혀 다른 사람.

'참 잘했다'라는 생각이 들 때
이 세상에 태어나길 —

감당하기 힘든 좌절과 절망의 순간에도
당신의 삶보다 나의 삶을 우선으로 생각하며
힘들어도 내색하지 않고 환하게 웃어주던 당신.

이제 와 그 모습이 더욱 특별하게 느껴지는 건
모든 것을 다 포기하고 내려놓고 싶던 그 순간,
당신의 존재로 인해 다시 살아갈 힘을 얻었기 때문이겠죠.

유난히 성숙하지 못했던
유년 시절의 내 자아를 활짝 피워주고,

망각의 늪에 빠져 존재 이유를 찾아 방황할 때도
늘 한자리에서 등대가 되어 날 이끌어주던 당신.

그런데 항상 완벽하게만 느껴졌던
당신의 모습에서 빈자리가 보이기 시작했습니다.

나의 불완전함을 채워주었듯이,
내가 당신의 빈자리를 채워줘야 할 때인가 봅니다.

채워주셔서, 채워줄 수 있어서
요즘 들어 이 세상에 태어나길
'참 잘했다'라는 생각이 듭니다.

어른이 되어 간다는 것이,

또 누군가를 책임지며 살아간다는 것이

이렇게까지 어려울 줄 예전에는 미처 몰랐어요.

버겁고 너무 힘에 겨워서 포기하고 싶던

그 순간에도 항상 내 걱정이 먼저였던

이 세상에 가장 소중하고, 또 소중한

날 낳아주시고 길러주신 나의 부모님.

어버이날을 맞이해 감사의

마음을 담아 글로 전해봅니다.

'감사합니다. 그리고 사랑합니다.'

마음에도 면역력이 필요하다

누구나 유난히 슬픈 날이 있다.

누군가 살짝 건드리기만 해도 울음이 터질 것 같은 그런 날.

하는 일도 잘 안 풀리고, 인간관계에서 자주 회의감이 느껴지며, 안 좋은 일들만 계속 겹치다 보니 스스로 자책하며 부정적인 생각에 빠져 살게 된다.

그럴 때 특히 드는 생각은 '나는 여태까지 무엇을 하며 살았나, 왜 이렇게까지 치열하게 살아왔나'하는 후회와 원망들.

우리는 그 순간을 '번아웃(burnout)'이라 부른다.

너무나 치열하게 살아왔기 때문에 녹초가 되어 찾아온 번아웃…… 모든 게 불타버려 하루하루를 버텨낼 힘조차 없어져 버린 상태.

혹시라도 당신이 이런 상태를 겪고 있다면 너무 낙심하지 말기를 바란다. 더욱이 번아웃 상태에 빠지면 마음이 자주 흔들리고, 사소한 일에도 서운함을 느끼며, 또 쉽게 극단적인 생각을 하게 된다.

나는 그런 당신에게 이렇게 이야기해주고 싶다.

"지금 느끼는 감정들은 지극히 당연하며, 당신만 겪는 것 같은 불행 역시 누구에게나 찾아올 수 있는 시간이에요."

사실은, 나 역시 그런 생각을 했던 적이 있었다.

나의 청소년기는 그다지 순탄하지 않았다.

아니 엄밀히 말하자면, 순탄하게 흘러가는 듯했던 시간도 있었다. 하지만 갑작스러운 '사건'으로 내 인생의 방향은 송두리째 변해버렸다.

예술고등학교에 다니던 나는, 다양한 연기 활동으로 경력을 쌓으며 영화제의 연기상도 받는 등 꽤 '괜찮은' 미래가 있는 삶을 살았다.

내 꿈은 뚜렷했고, 그 꿈을 이루기 위해 성실하게 하루하루를 살아가고 있었다.

그런데 너무 성실했던 탓일까? 아니면 그저 운이 나빠서일까? 고등학교 3학년 1학기가 끝나갈 무렵, 갑작스레 건강이 무너지면서 내 삶도 함께 무너져가기 시작하였다.

정신을 차려보니 나는 병원에 있었다.

그 당시 내가 진단받은 병은 혈액암으로, 단순한 수술로는 완치가 어려운 백혈병의 한 종류였다.

이름조차 생소한 '급성 림프구성 백혈병'에 걸린 나는, 그날 이후로 '나'를 잃어갔다. 열정적으로 자기 주도적 삶을 살던 내 모습은 점점 사라져버렸다.

온갖 고통을 겪으면서 병이 조금이라도 호전되기만을 바랐던 나는, 인생의 첫 패배감을 제대로 만끽하였다.

'이전처럼 살고 싶다', '평범한 생활로 돌아가고 싶다'라는 생각조차 내게는 사치였다. 그저 하루하루 죽음의 그림자에 맞서 싸우면서 살기 위해 몸부림쳤고, '무조건 살 수 있다'라는 생각으로 견디고, 또 견뎌내야 하는 게 전부였다.

그렇게 6개월 정도의 병원 생활을 마치고 집으로 돌아왔지만 크게 달라진 것은 없었다. 과거의 행복했던 내 삶은 사라져버렸고, 오히려 내게 남겨진 건 처량한 몸과 병든 마음이었다.

백혈병은 내게서 깨끗했던 피부를 빼앗아갔다. 항암제와

각종 항생제, 그리고 지속적인 약의 다량 복용으로 장기 기능도 심하게 저하되었다. 체력도 거의 바닥이었다.

말 그대로 인생의 깊은 나락에 빠지게 되었다.

불행 중 다행이었을까? 내 긍정적이다 못해 낙천적인 성격은 '삶을 포기하고 싶다'라는 생각까지는 막아주었다.

오히려 나는 안타까운 시선으로 나를 바라보는 이들과 정면승부를 하고 싶은 마음이 들었고, '모든 편견을 이겨내고 극복하자'라는 생각으로 고통을 버티고 견디었다.

그게 '시작'이었다.

나는 새로운 삶의 가치가 나를 찾아올 것이라는 다소 막연한 기대감으로, '진짜 나'를 찾기 위해 노력했다.

비록 과거의 내 삶, 내 모습은 거의 남아있지 않았지만, 미래의 나는 과거 이상의 행복을 누리며 살 것이라고 믿었다.

물론 쉽지만은 않았다. 불쑥 날 찾아온 불행은 나만 처음이 아니었다. 가족과 친구, 지인 등 인간관계에서 처음 겪는 불행한 상황들이 가끔은 이겨내기 힘들었다.

하지만 절대로 포기하지 않았다. '극복할 수 있다' 다짐하며 더 노력했고, 점차 시간이 흐르면서 내 마음속에 상처에 대한 면역력이 생겨났다.

스스로 내 마음을 추스르는 방법을 익혔고, 내가 누군가에게 준 것들이 당연히 돌아올 것이라는 섣부른 기대감도 내려놓았다.

이전과 달리 내 기준에서 상대를 평가하지 않고, 객관적 입장에서 그들을 이해하면서부터 나 역시 큰 상처를 받지 않았다.

그렇게 10년이 넘는 시간을 보내는 동안, 나는 현명하게 살아갈 수 있는 삶의 지혜를 터득하게 되었다.

끝이 없어 보이는 불행도 시간이 흐르면 반드시 지나가기 마련이다.

다만 그 불행을 제대로 떠나보내려면 처한 상황에 휘말리지 않고, 객관적인 자세로 극복하려는 노력이 필요하다.

매 순간 불안하고, 혼란스럽고, 자주 흔들리는 극단적인 감정들에 굴복하지 않아야 한다.

마음에도 면역력이 생겨난다.

현재의 불행 때문에 미래의 희망마저 잃어버렸다면 이렇게 말하고 싶다.

"누구에게나 찾아올 수 있는 불행의 시간이지만, 어떤 사람은 불행과 맞서 싸우고 이겨내며 결국에는 극복해 낸다."

만약 현재의 불행을 이겨내어 한 뼘 더 성장할 수 있다면, 당신에게는 이전에 없었던 '마음 면역력'이 생길 것이다.

그 면역력은 때때로 찾아올 불행의 순간마다 현명하게 살아갈 방법을 제시해줄 것이다.

가끔은 뜻하지 않은 상황들이 갑자기 찾아와
압박감을 주기도 하지만, 그런 경험들이 때론
전혀 예상하지 못했던 깨달음을 주기도 한다.

우리는 당장 내일의 일도 예측하기 어렵지만,
일어나지도 않은 일을 너무 두려워하지도 말자.

지금까지 당신은 충분히 빛나는 삶을 살았고,
앞으로도 당신은 행복한 미래를 만들 거니까.

매력적인 사람이 지닌 6가지 특징

유독 매력적인 모습으로 사람의 마음을 사로잡는 이들이 있다. 그런 사람을 만나게 되면, 그 사람에 대한 호기심이 생기고, '또다시 만나고 싶다'라는 생각이 강하게 든다. 그리고 그 사람을 중심으로 많은 사람이 모이게 된다.

여러 일에 능숙하고, 자신의 매력을 어필하여 눈에 띄는 '팔방미인(八方美人)'들. 그들을 바라보며 '나도 저렇게 되고 싶다'라고 생각해 본 적이 있을 것이다.

매력 있는 사람들의 특징은 다음과 같다.

첫째, 경청을 잘한다.

상대의 이야기를 잘 들어주고, 공감하는 능력이 뛰어나다.

둘째, 자신감이 넘친다.

무엇을 하든지 주눅 들지 않고, 설령 어설프더라도 자신감 있고 당당하게 행동한다.

셋째, 선을 잘 지킨다.

어떤 상황에서도 쉽게 자기 감정적으로 행동하지 않으며, 무례하게 선을 넘지 않는다.

넷째, 항상 여유가 있다.

매사에 여유가 있어서 조급하거나 성급하게 행동하지 않는다.

다섯째, 평소 배려심이 있다.

배려가 몸에 배어 있어서 상대가 느끼는 사소한 불편함에도 섬세하게 반응하고, 함께 있을 때 편안함을 느끼게 한다.

여섯째, 타인 험담을 하지 않는다.

어떠한 일이 있어도 타인의 험담을 하지 않는다. 험담은 언젠가 자신에게 돌아올 걸 알기 때문이다.

물론 매력 있는 사람들이 지닌 특징을 다 갖출 필요는 없다. 또 전부 갖췄다고 매력 있게 보이지 않을 수도 있다.

정말 중요한 것은 진정한 '나다움'을 찾는 것이다. 나만이 지닌 매력을 찾아내 사람들에게 보여주는 것이 중요하다.

'나는 나다울 때' 가장 매력적이다. 꼭 남을 따라 할 필요 없이 자신의 힘으로 나다움을 추구하는 게 중요하다.

다시 만나고 싶은 사람이 되려면 나만의 매력이 필요하다. 아무리 머리가 좋고, 실력도 뛰어나고, 많은 것을 갖춘 사람이라도 나만의 매력이 없으면 한번 만날 뿐, 다시는 만나고 싶지 않을 때가 있다.

당신만의 매력으로,
당신의 삶을 살아가길 바란다.

'된다'라는 가능성에 믿음이 더해지면

서른이 넘으면서 삶의 패턴이 무너져버렸다. 일 때문이란 핑계로 건강 관리에 소홀했고, 식습관마저 엉망이었다.

그러다 어느 순간 현실을 직시했을 때, 내 몸무게는 최대치를 찍고 있었다.

단지 체중만 늘어난 게 아니었다. 내 몸을 스스로 돌보지 못해 '문제가 있다'라는 사실을 뒤늦게 깨달았다.

'내 몸에 문제가 있다.'

조금만 걸어도 숨이 차서 헐떡거렸고, 가끔은 혈압이 200*가까이까지 치솟기도 했다.

'어쩌다 이 지경까지 왔을까?'

더는 물러설 곳이 없다는 생각에 중요한 결단을 내렸다. 다시 한번 내 인생의 리즈 시절을 되찾고, 바디 프로필을 촬영하기 위해서 '운동 챌린지'를 시작했다.

나만의 관리법으로 운동을 시작했고, 결국 해낼 수 있었다.

1. 시작은 소박하게, 절대 욕심내지 않는다.

뭐든 처음부터 높은 기준으로 하다 보면 금방 지치고 또 금방 질린다. 마치 아이가 걸음마를 배우듯 쉬운 것부터 차근차근해보자.

---

*정상 혈압은 130/90㎜Hg 미만으로 측정된다.

2. 아주 사소한 것이라도 성공해서 칭찬해준다.

만약 다이어트를 위해 운동 습관을 들인다면 최종 목표를 기준으로 생각하지 말고, 꾸준히 '하루 5분 운동'을 목표 삼아 해냈다면 스스로 자신에게 칭찬해보자.

3. 확실한 '베니핏'과 '리스크'를 갖고 한다.

다이어트를 예로 들면, 목표의 중간 정도를 달성했을 때 베니핏(benefit)으로 평소 입고 싶었던 옷을 자신에게 선물로 사준다. 그 대신 100일 후에 바디 프로필 촬영을 예약하고, 만약 목표를 달성하지 못하면 심리적·금전적으로 리스크(risk)를 갖게 한다.

4. 나 혼자보다는 '함께' 만들어간다.

혼자 계속하다 보면 분명 지치는 순간이 있다. 그러니 처음 시작할 때 비슷한 목표를 위해 모인 크루(crew)나 모임을 활용해 사람들과 함께해보자. 이왕이면 모임의 리더일수록 효과가 크다.

5. 경험하며 느껴지는 모든 감정을 공유한다.

챌린지 과정 동안 함께하는 사람들과 느끼는 모든 감정을 나누며, 때로는 의지하고, 때로는 내 도움을 주기도 하면서 원하는 목표를 달성하라.

사실 나는 끈기와 정신력이 강한 사람은 아니다.

오히려 쉽게 포기하고, 결국 질려버리는 걸 너무도 잘 알아서 나 자신을 믿지 못하는 편이었다. 그러나 5년 전부터 '나만의 관리법'으로 삶을 바꿨으며, 처음 글쓰기에 도전해 지금의 '권글'이 되었다.

글쓰기뿐만 아니라 운동 루틴도 병행한 결과 16kg 이상을 감량하며 마침내 바디 프로필 촬영도 해냈다.

물론 처음부터 쉬운 것은 없다. 하지만 당신도 '나만의 자기 관리법'을 통해서 성공할 수 있는 습관을 들이고, 자신만의 루틴을 만들어 행복한 삶을 살아갔으면 하는 바람이다.

나 자신을 아끼기

다른 사람들에게 집중하고 사느라
정작 나 자신에게는 솔직하지 못하고,
괜찮지 않아도 괜찮은 척
외면하고 살았던 것 같아서
미안해지는 밤이다.

이제는 나를 더 아끼고,
내 이야기도 잘 들어줘야겠다.

있는 그대로 상대를
바라봐 주는 게 존중이다

누군가를 이해한다는 건 존중에서부터 시작된다.
상대를 존중하는 마음으로 다가간다면,
좀 더 깊게 상대를 이해할 수 있다.
자신의 관점에 빠져 편견에 흐려진 눈으로
상대를 바라보는 게 아닌 온전히 마음을 열고,
상대의 '있는 그대로'를 바라본다면
당신의 마음이 전달되어, 상대도 다가올 것이다.

서로를 존중하는 이 마음이

시간이 지나도 깨지지 않았으면 한다.

그래야 지금 느끼는 '좋은 감정'이
시간이 지나도 여전히 '좋은 기억'으로 남아
우리를 더욱 깊게 만들어줄 테니까.

인연은 먼저 다가오기도 하지만,
'어떤 상황에서, 어떻게 사람을 받아들이느냐'에 따라
스스로 만들어가는 것이기도 하다.

'나로서, 나답게' 쓰세요

글을 쓰고 싶어 하는 많은 사람들 중 대다수가 처음 시작부터 '잘 써야 한다'라는 강박에 빠지곤 한다.

'잘 써야 한다. 좋을 글을 써야만 한다' 등 시작과 동시에 이미 작가의 마인드이며, 글의 분량 역시 과도하게 많다.

심지어 '나는 올해 안에 꼭 책을 내고, 반드시 베스트셀러 작가가 될 거야' 등의 전혀 현실적이지 않은 목표를 세우기도 한다.

적당한 목표는 좋은 자극과 동기부여가 되므로 목표를 정한다는 게 무조건 나쁘다는 것은 아니다. 하지만 뭔가를 시작할 때 과도한 목표 설정과 준비 단계를 거치면, 제대로 시작하기도 전에 제풀에 지쳐 포기하게 된다는 것이다.

그렇다면 나만의 모래성을 쌓기 전에 지치지 않고 글을 잘 쓰는 습관은 어떻게 기를 수 있을까?

내가 추천하고 싶은 방법은 '나답게 써라'이다.

좀 더 설명한다면 일단 주위 시선, 문맥의 흐름, 단어 선택 등 내 글을 읽을 타인을 신경 쓰는 것이 아니라, 죽이 되든 밥이 되든 처음에는 그냥 꾸미지 않고 '나의 있는 그대로'를 써보는 것이다.

물론 이 작업을 처음 시작할 때는 엉망일 수 있다.

여기서 중요한 점은 하루하루 글 쓰는 것을 반복하며 이렇게 저렇게 쓰는 걸 꾸준히 반복하다 보면, 어느 순간은 누군가에게 내 글을 다른 이에게 보여주고 싶고, 자랑하고 싶다는 생각이 들게 될 것이다.

게다가 글쓰기에 흥미를 갖고 재미까지 생겼다면, 아마 이후로는 크게 걱정을 하지 않아도 될 것이다. (나 역시도 그랬으니까.)

그렇게 마음의 변화가 생기고 자존감이 올라갔을 때, 출판사를 선택하고, 원고를 보내 책 출간을 제안할지 생각해 보자.

처음부터 결과를 알고 시작할 수 있다면 정말 좋겠지만, 우리의 인생은 그렇게 호락호락하지 않다.

부디 이 글을 읽고 있는 여러분들이 '나를 쓰는 방법'을 제대로 익혀 글과 더 친해지기를 바란다.

행복의 기준

행복도, 불행도

모두 스스로가 결정하는 것이다.

행복의 기준은 저마다 다르고,

그 기준을 조금 낮춘다면,

행복은 그리 멀리 있는 것이 아니다.

노력하라! 그러면 — 원하는 답을 얻을 것이다

만약 당신이 지금 뭔가를 이루길 원한다면, 먼저 절대 시간과 절대 노력을 들여야 한다. 그러면 원하는 답을 얻게 될 것이다.

대중들이 말하는 성공한 인생을 살고 있다는 사람들을 살펴보면, 그들은 원하는 것을 얻어내기 위해 한 가지에 집요하게 몰입하고, 또 많은 시간을 쏟아붓는다.

사실 어떤 결과가 나올지 모르는 상황에서 꾸준하게 한

가지를 노력하기란 쉽지 않으며, 가끔은 포기하고 싶은 생각이 들기도 한다.

'언제까지 이렇게 노력해야 할까?'
'왜 나는 안 되는 걸까?'

만약 당신의 신념에 대한 의심이 들 때는 이렇게 한번 생각해보자.

'원하는 목표에 95%까지 도달했으니, 남은 5%만 채우자.'

안타깝게도 많은 사람이 자신이 지금까지 쌓아 온 시간이 95%에 도달했다는 것을 알지 못한다. 1%에서 100%를 채우기까지는 많은 시간과 노력이 필요하지만, 95%에서 남은 5%를 채우는 것은 상대적으로 쉽게 해낼 수 있다.

하지만 많은 사람이 목표까지 5%를 남겨두고 쌓아왔던 모든 것을 포기해버린다. 그리고 새로운 뭔가를 고심해서

찾고 1%부터 다시 시작한다.

우리는 실패하는 삶의 패턴에 갇혀 지낸다. 끊임없이 새로운 것을 시작하고, 또 끊임없이 다시 그만두기를 반복한다.

100%에 도달한 사람은 다시 100%에 도달할 수 있다는 확신을 얻는다. 또 처음보다 쉽게 100%에 도착할 수 있다. 하지만 95%에서 멈춘 사람은 다시 1%에서부터 시작해야 한다. 그러면 100%에 도달하기가 이전보다 더 어려워진다.

우리는 성공하는 삶의 패턴을 만들어야 한다. 1%에서 100%를 만들고, 또 1%에서 100%를 만들고 새로운 삶의 관점을 만들어야 한다.

누군가의 성공을 부러워하지만 말고, 이제부터는 성공하는 삶의 패턴을 익혀 스스로 쟁취해내기를 바란다. 노력 없이 만들어지는 결과는 없으니 말이다.

관계의 농도와 온도

농도가 옅다고 사랑하지 않거나
상대를 싫어하는 것은 아니야.
온도가 낮다고 신경 쓰지 않거나
관심이 없다는 것도 아니야.

다만 나의 마음을 얼마나 더
솔직하게 이야기할 수 있느냐,
있는 그대로 표현할 수 있느냐,
그런 차이를 갖고 있을 뿐이야.

관계에서의 농도와 온도는
억지로 짙게 만들 수도,
또 억지로 높게 만들 수도 없어.

물론 농도와 온도가 변할 수는 있어.
자연스러운 상황과 시간의 흐름 속에서
때로는 빠르게, 때로는 천천히
'짙어졌다, 옅어졌다'를 반복하거든.

그런 관계를 잘 맺기 위해서는
변화의 흐름을 잘 이해하고,
내가 누군가에게 느끼는 감정을
상대도 느낄 수 있다는 것을
받아들이고, 수용할 수 있어야 해.

짙어지게 될 누군가와의 인연과
깊어지게 될 누군가와의 사랑에
오늘도 더 벅차오르기를 바라.

내일을 꿈꾸는 희망

오늘만 버티면 언제 그랬냐는 듯
기다리던 내일이 찾아올 거야.

지나간 시간을 위로하는 방법은
과거가 아닌 현재에 집중하고,
다가올 미래를 준비하는 거야.

새로운 일을 시작할 땐

새로운 일을 시작하려거든
도전을 두려워하지 말고,
변화를 망설이지 말고,
그 일의 '중심'으로 가야 한다.

실력이 조금 부족하다 느껴지고,
때로는 혼나는 일이 있더라도
일단 적극적으로 참여해야 한다.

만약 당신이 그 일에 대해
어려움을 겪거나 헤매고 있다면,
그건 처음이기에 지극히 당연하다.

모두에게 처음은 어렵고,
모두가 처음부터 잘하진 않는다.

언젠가는 그 일에 익숙해지게 될 것이고,
당장의 서투름이 당신의 인생을 결정짓도록 놔두지 마라.
또 언젠가는 그 일에 전문가가 되어 서툴던 그 일을
다른 누군가에게 알려줄 수도 있을 것이다.

그러니 너무 걱정하지 마라.
현재의 두려움을 이겨내고,
당당히 현실을 마주하도록 하자.

아무리 성난 태풍이 몰려와도
중심이 되는 태풍의 눈만큼은 고요하다.

당신의 마음을 고요하게 만들기 위해서는
일의 중심으로 들어가 적극적으로 맞서야 한다.

하수는 선택받기를 기다리고
중수는 선택받는 방법을 찾고
고수는 선택하는 상황을 만든다.

준비된 사람은 위기에 더 빛이 난다.
걱정부터 하지 말고 일단 기회를 찾아라.

벅찬 인연이라면 놓아주자

모든 사람과 좋은 관계를 맺을 수 있다는 것은 어쩌면 욕심일 수도 있다.

유아기, 청소년기를 거쳐 어른이 되고 나이를 더 먹어가면서 학교에서만 제한적으로 만났던 다소 폐쇄적인 관계가 아닌, 크게는 사회생활이라는 이름 아래 우리는 폭넓은 인간관계를 맺을 수 있게 되었다.

기존에는 만나지 못했던 다양한 사람들을 만나게 되면서

때로는 벅찬 감정이 들기도 하고, 처음에는 기쁘고 행복한 순간으로 가득했을지 모른다. 그리고 비어있던 내 시간들을 그들의 시간이 채워주며 내 인생 역시 그들에 의해서 빽빽하게 채워지게 된다.

하지만 우리가 간과했던 사실은 내가 감당할 수 있는 인간관계의 폭은 한계가 있으며, 그 한계치가 다가올수록 우리는 패닉(panic), 회의감, 깊은 빡침 등의 다양한 감정을 느낄 수도 있다는 것이다.

그제야 이런 생각이 든다.
'많은 것이 꼭 좋은 것만은 아니구나.'

그다음으로 하는 게 바로 관계 정리, 인간관계 다이어트, 미니멀 라이프(minimal life) 등, 그리고 고민에 빠진다.

'어떻게 하면 현명하게 정리할 수 있을까?'
'어떤 기준으로 좋은 관계를 판단할 수 있을까?'

일단 관계라는 것은 한 번에 놓아줄 수 있는 게 아니다. 그 관계가 깊었던 만큼 더 놓아주기 힘들다.

하지만 일방적이거나, 나를 힘들게 하거나, 유통 기한이 다한 그런 관계를 방치하다 보면, 결국에는 썩기 마련이고, 어느 순간 결정을 해야만 한다.

최악의 경우, 정리하지 못한 관계로 인해 정말로 아끼고 소중히 여겨야 할 사람들을 챙기지 못하고, '시간을 허비하고 있다'는 생각을 하게 된다.

우리는 그렇게 되지 않도록 미리 예방해야 하며, 그런 순간을 맞이했다면 나를 위해 그리고 상대를 위해 과감해질 필요가 있다.

그러니 우리 이제 벅찬 인연들은 그만 놓아주도록 하자.

그 틈 사이로 내가 놓치고 있던 인연과 새로운 인연이 다가올 수 있도록.

당신의 한마디

스치듯 이야기 한 당신의 말 한마디가
나에게는 내일 더 나아갈 힘이 됩니다.

누군가의 따듯한 말 한마디와
진심으로 날 생각해주는 마음,
그것만으로 이미 충분합니다.

에너지 넘치던 사람이 잠수 타는 이유

평소에 유독 긍정적이며 주변 사람들에게 힘을 나눠주는 '에너지 넘치던' 사람이 갑자기 아무 이유도 없이 잠수 타는 경우가 있다.

이전까지는 전혀 내색을 안 했으며, 최근까지도 일상적인 이야기를 나눴기에
'내가 무슨 잘못을 했나' 괜히 심각해지기도 한다.

혹시 지금 주변에 그런 사람이 있다면

너무 걱정하지 않았으면 한다.

그 사람은 당신을 피하는 게 아니라
단지 모아둔 에너지가 떨어진 상태이며,
도리어 주변에 안 좋은 영향을 주기 싫어서
다시 에너지를 회복할 시간이 필요한 것뿐이다.

그럴 땐, 그 사람에 대해 너무 궁금해하거나
서운한 감정을 드러내지 말고
다시 돌아오기를 믿고 기다려주는 것이 좋다.

시간이 흘러 에너지가 회복되고 나면
언제 그랬냐는 듯이 당신 앞에 나타날 것이며
이전보다 더 좋은 에너지로 주변 사람들에게 힘이 되어줄 것이다.

누구에게나 지친 몸과 마음을 회복할 시간이 필요하며
그 방법은 사람에 따라서 전혀 다를 수 있다.

어떤 사람은 자신의 감정을 주변에 모두 털어놓을 시간이 필요하고,

또 어떤 사람은 스스로 마음을 추스르고, 정리할 시간이 필요할 수 있다.

부디 당신이 조금 더 넓은 마음을 갖고
인간관계에서 겪고 있는 많은 문제를
현명하게 하나씩 풀어나가길 바란다.

곁에 있어 주세요

힘들 때 옆에서 날 웃게 만드는 사람,
그런 사람이 있다는 건 정말 큰 행운이에요.

정말 힘들 때는
뭔가를 해주기보다는
옆에 있는 것만으로도 큰 힘이 돼요.
그러니까 그냥 곁에 있어 주세요.

그 사람을 절대 놓치지 마세요

만약 당신이 힘들고 지칠 때마다
매번 묵묵히 이야기를 들어주고,
'어떤 도움을 줄 수 있을까?'
같이 고민하는 사람이 있다면,
그 사람을 절대 놓치지 않았으면 해.

그 사람은 절대 시간이 많아서
그런 행동을 하는 것이 아니야.

지금까지 만들어 온
서로의 관계가 너무나 소중해서
그 시간들을 최선을 다해
지켜내고 있는 거야.

하지만 지금, 이 순간이
영원할 것으로 생각하지 않았으면 해.

그리고 당신 역시
그 사람에게 '좋은 사람'이 돼줬으면 해.

그 사람도 언젠가 이별을 준비할 거야.

서로의 관계 속에서
더 이상의 진심이 느껴지지 않는다면,
최선을 다해왔기에, 언제라도 미련 없이
떠나갈 준비가 돼 있을 테니까.

그리고 당신은 깨닫게 되겠지.

'정말 소중한 사람은
이미 너무나 익숙해져서
곁에 있을 때는 그 사람이
내게 어떤 가치를 주는지
쉽게 가늠하기 힘들다'는 것을.

잊지 않았으면 해
당신이 —

가진 것이 없는 삶이라도,
잠시 인생에 어둠이 찾아와도,
인생에 낭만이 남아있다면
당신은 이겨낼 수 있어요.

마음을 평온하게 만드는 하늘도
마음의 고민을 덜어주는 바다도
바람에 살랑거리는 꽃과 나무들도

언제든 내 곁을 지키는 그 풍경들.

지금 당신의 앞길이 보이지 않고,
잠시 캄캄하게 느껴지더라도
너무 걱정하지 마세요.

잠시 먹구름에 가려져서
보이지 않는 것뿐이니까요.

구름 뒤에는 따듯한 햇살이
당신을 기다리고 있어요.

보이지 않는다고
사라지는 것이 아니고,
태양은 언제나 같은 곳에서
당신을 지키고 있으니까요.

살다 보면

보이는 것보다는
앞으로 보일 것들이
더 많이 있으니까요.

해가 뜨기 전이 가장 어두운 것처럼
그 어두움 끝에는 밝은 태양이 미소 띠며
환희라는 선물을 가져다줄 거예요.

늘 똑같은 일상에서 빠져나와
온전히 그 시간에 집중할 수 있다면,

자연이 가져다주는 찬란한 순간에
돈과 능력이 없어도 중요하지 않은
그 특별하고 소중한 감동의 선물을
내 것으로 만들 수 있다는 것을,
또 어둠을 이겨낼 수 있다는 것을.

당신이 잊지 않았으면 해요.

그냥 쉬세요

가끔은 쉬는 연습도 필요해요.
하루 정도는 아무 생각도 없이
당신을 위해 그냥 '쉼' 하세요.

정말 지칠 땐 잠시 쉬어도 괜찮아요.
지금 쉰다고 해서 당신의 삶이
끝나는 건 아니에요.

평범한 일상,

— 그 소중함에 대하여

갑자기 찾아온 코로나19로
우리는 많은 것을 잃었다.
평범한 일상에서 잊혀가고,
서서히 사라져 버리는 상태.

처음에는 너무나 당황스러웠다.
가끔은 화도 내고, 좌절도 했으며
제발 끝나길 간절하게 빌기도 했다.

하지만 우리가 잃어버린 그 '빈자리'에는
다시금 '새로운 것'들이 채워지고 있다.

일상이 주는 소중함,
사랑하는 사람과의 끈끈함,
예전에는 미처 발견하지 못했던
새로운 것들과 새로운 도전들.

막다른 길인 줄 알았던 그 길목에서
새로운 길을 발견할 수 있었고,
최악이라 생각했던 많은 순간에도
최선을 다해 묵묵히 이겨내고 있다.

조금 천천히 걷게 되었고,
또 조금 돌아간다고 나아갈 방향이
변하는 것이 아니라는 점도 깨닫게 되었다.

지금처럼 그저 앞으로 걸어가다 보면…

위기와 절망의 순간에도 희망을 잃지 않고,
현실을 이겨낼 수 있다면.

언젠가는 우리가
함께 만든 이야기들이 모여서
앞으로 다가올 미래에는
찬란한 유산이 되어줄 거라
나는 믿는다.

나와 '다름'을 인정해야 하는 이유

내가 만나는 모든 사람과 합이 맞아서

모두 행복할 수 있다는 바람은 욕심 같아요.

언젠가 내 손바닥을 상대의 손등에 대고서 손뼉을 치려고 한 적이 있어요.

많은 사람과 손뼉을 치고 싶어서 내가 먼저 손을 내밀어도,

모든 사람이 나처럼 손을 내밀지는 않아요.

그건 그 누구의 잘못도 아니에요.

그 사람은 손을 내미는 게 어색할 수도 있고,
손뼉을 칠 준비가 안 되었을 수도 있고,
아직 손뼉을 쳐본 적이 없을 수도 있으니까요.

만약 함께 손뼉을 칠 수 있는 사람이라면,
조금 여유를 갖고 기다리며 천천히 손을 내밀면 되고,
그 사람과는 조금 힘들다는 생각이 든다면,
굳이 손뼉을 치지 않아도 되니까요.

그냥 눈만 마주쳐도 되고,
아니면 함께 땀 흘리는 걸 좋아할 수도 있고,
음… 그 사람이 좋아하는 다른 것들이 분명 있을 거예요.

그것도 아니라면 나와는 전혀 다를 수도 있겠죠?
이 사람과는 눈을 마주치는 것조차 힘들다는 생각이 드는 사람.

만약 그런 사람이 있다면 그냥

'아, 세상에는 이런 사람도 있구나'라고 생각하면 돼요.

그는 나와 전혀 다른 세상에 살고 있지만,
그 사람에 주변에는 아마 그와 같은 세상에 사는 사람이 있을 거예요.

그 사실을 인정하기까지 참 오랜 시간이 걸리긴 하지만,
인정을 시작하면 마음이 편해지고,
세상을 너그럽게 보는 시각을 얻을 수도 있을 거랍니다.

결국 책임진다는 것이다
나이가 든다는 건,

당신의 어린 시절을 돌아봤을 때
그 순간 나이 드는 것에 대해 회의감이 든 적이 있는가?
대부분 사람은 '아니오'라고 대답할 것이다.
유치원, 초등학교 무렵의 유년 시절에는
나이가 든다는 걸 잘 느끼지 못한다.

'왜 그럴까?'

인생을 하루 스물네 시간에 비유한다면
유년 시절은 하루의 시작이라 할 수 있다.

인간의 평균 수명을 80살이라고 했을 때
10살 아이는 인생의 8분의 1인 '새벽 6시'다.
많은 이들이 아직 잠들어 있을 시간이다.

'10년이나 살았는데 잠자고 있다니?'

이렇게 생각하며 반박할 수 있겠지만,
내가 아직 잠들어 있다고 말한 부분은
누군가를 책임져야 할 '책임의 시간'이다.
나이 범위를 더 좁혀 9살 무렵을 떠올려 보자.
당신은 무엇인가에 책임을 느낀 적이 있는가?

'다시는 거짓말 하지 않겠다.'
'동생은 내가 책임지겠다.'
'게임을 하루에 1시간만 하겠다.'
부모님과의 약속으로 책임질 게 있지만
약속을 지키지 않으면 경찰서에 가거나
큰 벌을 받는 일은 없다.

그 이유는 내가 잘못을 저질렀을 때
나를 책임져 줄 사람, 부모님이 있어서다.
부모님의 그늘에서
우리는 안전하게 자라날 수 있다.

나이가 든다는 건
부모님이 대신 들고 있던 나의 책임을
이제 내가 들게 된다는 걸 의미한다.
또한, 언젠가 내가 부모가 되었을 때는
나의 부모님이 내게 그랬던 것처럼
내 자식의 '책임의 무게'를
내가 기꺼이 짊어진다는 것이다.

나의 부모님이 내게 해주었듯이
뜨거운 햇살에도 잘 견디게
잘 자라날 수 있게
그늘이 되어주는 것이다.

제4장

고된 하루의, 끝에선 — 당신에게

삶의 도전을 주는 한마디

피아노 건반에서 '시'가 '도'를 지나면
또 다른 옥타브를 만나게 되듯이,
당신이 도전하는 새로운 '시도'가
또 다른 삶을 만나게 해줄 거예요.

한 게 아직 별로 없다면
한 개씩 새로운 도전을 해봐요.
한계를 뛰어넘을 수 있도록.

한 개씩 쌓아가다 보면
한계를 극복할 수 있어요.

어차피 하게 될 거라면
그냥 '열심히 해야겠다'라고
스스로 다짐하는 건 어때요?
새로운 일을 시작할 때
가장 필요 없는 행동은 바로
하지 못할 핑계를 찾는 거예요.

더 행복한 삶을 살기 위해서는
때론 무모한 도전이 필요해요.
피할 수 없다면 즐기세요.
즐길 수 없다면 비워내세요.
비울 수 없다면 울어보세요.
언젠가는 다 지나갈 일이니까요.

'살아있음'을 느끼는 건
아주 사소한 감정,
아주 사소한 경험 등
사소한 것들에서부터 시작돼요.
그러니 사소함에 집중해 보세요.
위대한 결과도 대부분
사소한 도전에서 시작하니까요.

내일 비가 내린다고 해서
지금 우산을 쓰고 다니지 않아요.
내일 내릴 비 때문에
지금 우산을 펴지 말아요.
인생도 마찬가지예요.
내일 불행이 찾아온다고 해서
지금부터 두려움에 떨 필요는 없어요.

변할 수 있는 가장 쉬운 방법은

바로 지금 시작하는 거예요.

지금 하지 않으면 아무것도 바꿀 수 없어요.

변화란 언제나 귀찮은 것 같지만,

변하면 언제든 괜찮은 것이 되니까요.

너무 두려워하지 말아요.

끝이라고 생각했던 순간에

새로운 시작이 찾아오고,

새로운 순간에서만 느껴지는

그 감정들을 찾을 수 있어요.

'새로운 도전'을 느끼는 건

쿵쾅거리는 가슴으로부터 시작돼요.

특별한 일상이 아니어도 좋아요.

내가 특별한 건 당신이니까요.

모든 순간이 특별한 건 아니에요.

바로 당신과 함께하기 때문에

그 순간이 더 의미 있는 거예요.

매일 특별한 순 없어도

당신과 함께한 모든 순간은

눈부시게 빛나고 아름다웠어요.
당신이라는 '오늘'이 내게 다가와
찬란하게 빛나길…
매일매일 그대로 물들길 바라요.

당신이 나를 바라보았을 때
내 삶이 비로소 시작되었어요.
우리 시작이 쉬웠다고 해서
쉽게 끝내지 말았으면 해요.

자꾸만 너를 바라 **봄**
유난히 더 기다렸나 **봄**
이제 준비가 됐나 **봄**
어서 와, 나의 **봄**

삶의 방향도 목적도 잃은 채
방황하며 하루하루를 보내던 내게,
다시 살아갈 용기를 준 건
당신이 내게 준 작은 관심과
따듯한 말 한마디였어요.
따듯한 사람도 좋지만
따듯함을 주는 사람이 더 좋아요.

사랑은 무형식이에요.
1형식, 2형식, 3형식…
많은 형식을 만들지만,
예상을 벗어났을 때
더 가슴 뛰고 설레는 것,
그것이 바로 사랑이에요.

당신을 알게 된 게
내게는 가장 큰 행운이에요.
도돌이표 안에 갇힌 답답한 내 일상 속
유일한 쉼표는 바로 당신이에요.

나를 보며 해맑게 웃어 주는
당신의 그 미소를 바라보니,
오늘 느꼈던 복잡한 감정들이
저 멀리 날아가 버린 듯해요.
당신 덕분에 나는 살아갈 수 있어요.

그래도 아픈 하루보다는
바쁜 하루가 나으니까…
행복한 내일을 상상하며
오늘도 나는 바쁘게 살아가요.

너무 걱정하지 말아요.
언젠가 당신의 그 노력들이 모여
별처럼 빛나는 순간이 올 거예요.

당신이 그 별을 따라올 수 있도록
'나'라는 별 하나를 하늘에 띄울게요.

행복을 내일로 미루지 말고,
가장 행복한 지금을 만들어요.
행복은 늘 가까이에 있어요.
마치 내 옆에 있는 당신처럼요.
조금만 더 참고 기다려봐요.
언젠가 그 노력들이 모이면
마음의 보상을 받을 수 있어요.

별이 아름다운 이유는
별 하나가 아름다워서가 아니에요.
별들이 서로의 가치를 알고서
함께 찬란하게 빛나기 때문이에요.

우리 자주 웃어요.
자주 웃을 일을 만들다 보면
행복한 내일을 만들 수 있어요.
때론 그 내일이 당신이 살아갈
삶의 이유를 만들어 내기도 해요.

세상에는 변하지 않는
많은 것들이 있지만,
일단 변할 수 있다는 생각으로
무엇이든지 해보는 건 어때요?
적어도 새로운 가능성은 열릴 수 있어요.
마음은 가끔 기적을 만들기도 하니까요.

가끔은 뜻하지 않은 상황들이
갑자기 찾아와 압박을 주기도 해요.
하지만 두려움을 극복하고 이겨내는 순간,
더 용감해질 기회를 얻을 수 있어요.
때론 그 경험들이 깨달음을 주기도 하고요.

세상을 조금 긍정적으로 바라본다는 게
그리 힘든 일은 아니잖아요?
만약 그 불행이 찾아오지 않았다면,
지금처럼 사소한 일상의 행복을
제대로 만끽하지 못했을지도 몰라요.

당장 내일의 일도 예측하기 어렵지만,
일어나지 않은 일을 두려워하지 말아요.
밤이 지나면 아침이 오고

겨울이 지나면 봄이 오듯,

이 춥고 어두운 겨울밤이 지나면

언제나 그랬듯, 당신이 기억하는

그 따스한 봄이 찾아올 거예요.

자존감을 높여주는 한마디

세상의 기준에 맞춰
너무 조급해하지 말아요.
'나는, 나대로'
분명 나아지고 있으니까요.

하찮은 인생이란 없어요.
당신의 삶은 고귀하며
존재 자체로 빛이 나요.

당신은 충분히 잘하고 있어요.

그리고 '자라고' 있어요.

지금까지 당신은

충분히 빛나는 삶을 살았고,

앞으로도 당신은

행복한 미래를 만들 테니까요.

가끔 힘들면 무너질 수도 있어요.

그건 누구나 겪을 수 있는 과정이에요.

그러니까 스스로 너무 자책하지 말아요.

그렇다고 힘들어 포기하진 말아요.

포기하지만 않는다면, 분명 당신에게

새로운 길이 보일 거예요.

내 마음을 가둬두지 말고

현실에게 타협하지 말고

그렇다고 감정적이진 말고
차근차근 하나씩 하다 보면,
언제가 이 막다른 길에서도
분명 보일 거예요.
나만의 길이…

만약 당신이 누구인지
정체성의 혼란이 왔다면,
먼저 출발 지점으로 돌아와
당신의 이름을 불러주세요.

후회는 '후에' 생각하고,
일단은 시작해보세요.
앞으로 가려면 헤맬 수 있지만
다시금 일어나 해낼 수 있어요.
새로 시작하는 것들을

더는 두려워 말아요.

내일의 당신은 더욱 성장할 거예요.

당신의 꿈은 생각보다 더 크고

당신의 존재는 그 자체만으로 빛나요.

그러니 더 이상 눈치 보지 말고

지금 바로 당신의 길을 가세요.

일상에 힘이 되어주는 한마디

타인의 꿈을 소중히 여길 줄 알아야만
자신의 꿈 역시 소중히 여길 수 있어요.
또 자신과의 약속을 소중히 여기는 사람이
타인과의 약속 역시 소중히 여길 수 있고요.

스쳐 지나가는 시간을 잡으려 애쓰는 글,
어제와 오늘의 생각이 달라서 놀라는 글,
아름다운 미래를 생각하며 기대하는 글.
이런 모든 마음을 담아 쓰는 나의 글.

서서히 스며들어

깊은 인연으로 남기를 바라요.

우연히 다시 만났을 때

서로가 웃을 수 있기를 바라요.

그 순간, 좋은 기억부터

서로 생각나는 사람이기를 바라요.

잠시 지쳐서 쉬고만 싶을 때도

질투 때문에 토라져 있을 때도

가끔 삶에 지쳐서 우울할 때도

당신에게 모든 시간을 사랑하며

주어진 오늘 하루를 소중히 여기며

스치는 모든 순간을 감사하며 살아가세요.

과거를 보며 돌아가지 말고

현재를 위해 나아가길 바라요.

우리가 함께 내일을 꿈꾼다면

그것만으로도 살아갈 이유는 충분해요.

오늘 당신이 죽기 위해서는

수만 가지 생각이 필요하지만,

내일 당신이 살아가기 위해서는

'살고 싶다'는 생각 하나면 충분해요.

자신에게 너그러운 마음을 품고

모든 과하지 않게 '충분한' 오늘을 살아가세요.

인간관계에 필요한 한마디

많이 노력했잖아요.

그 정도 했으면 인연이 아닌 거예요.

이제는 놓아줘도 괜찮아요.

당신을 지치게 하는 관계들,

이제는 그만 내려 놓아주세요.

새로운 인연이 찾아올 수 있도록…

영향력 있는 사람보다는

'좋은 영향'을 주는 사람이 더 좋아요.

'좋은 사람'이 되려고 노력하지 마세요.
그저 스스로 확인하는 시간을 가지세요.
애써 노력하지 않아도
이미 당신은 좋은 사람이에요.

때론 더 나은 관계를 위해 필요해요.
당신과 나의 적절한 안전거리가…

사람을 잃기 싫어
말하는 걸 참게 되면
나중에는 더 큰 것을 잃게 돼요.

'사람 사귐'은 동등하고 공평해야 해요.
대단하다고 추켜세우지 말고요.

하찮다고 무시하지도 말아요.
눈앞에 보이는 게 전부는 아니니까요.

너무 완벽해지려 하지 말아요.
운명은 그 틈 사이로 찾아올 수 있어요.
서로의 부족함을 채워주는 틈이 있어요.
사랑도, 인연도 그건 마찬가지예요.

인연 맺기를 노력하지 마세요.
스쳐 지나가는 인연은,
손가락 사이로 빠져나가는
모래알과도 같아요.
당신이 움켜쥐려고 노력해도
멀어지는 인연은 붙잡을 수 없어요.

'진짜 친구'는 말을 안 해도
내가 필요할 때 곁에 있어 주고,
'가짜 친구'는 말만 해놓고
자기 필요할 때만 나를 찾아요.

'고맙다'란 그 흔한 말을
너무 아끼고 아껴두다가
급작스레 찾아온 이별에
아무것도 하지 못하고
후회하는 일이 없기를…
그땐 너무 늦었을 테니까…

서로를 존중하는 마음들이
시간이 지나도 깨지지 않았으면 해요.
그래야 지금 느끼는 모든 감정이

더 좋은 기억으로 남을 수 있고
우리가 더 행복할 수 있을 테니까요.

누군가를 위로하는 일은
생각보다 어려운 것이 아닙니다.
그저 들어주고, 공감하고, 함께하고
사람들은 아주 사소한 것들을 통해서
위로를 받곤 하니까요.

처세에 도움 주는 한마디

과거를 보내줘야 내일이 다가오는 것처럼
옛사람을 떠나야 새로운 사람이 보여요.

상대를 바꾸려고 노력하지 마세요.
진짜 준비가 된 사람은
당신의 작은 울림에도 반응하고 변화해요.
하지만 가끔은 바꿔보려 노력도 하세요.
누군가는 변화만 원하고 생각대로
행동하지 못하는 사람도 있거든요.

성공한 삶을 살고 싶다면
'다시 만나고 싶은 사람'이 되세요.
그리고 삶의 경험을 통해
사람을 판별하는 지혜를 키워보세요.

빠른 걸음보다는 '바른 걸음'으로,
사치하는 삶보다는 '가치 있는 삶'으로,
자만보다는 '낭만'으로 살아가기를 바라요.

세상이 비록 당신을 속일지라도
흔들리지 말고 그 안에 숨어있는
진실을 발견하여 앞으로 나아가세요.

막상 살아보니
처음부터 쉬운 건 별로 없듯이
끝까지 어려운 것도 별로 없어요.
중요한 것은 당신의 마음이에요.

현재 하는 일에 지나친 부담이 들고
많은 생각을 들게 한다면,
당신을 위한 일이 아닐 수 있어요.
그럴 땐 더 이상 얽매이지 말고
과감하게 그 상황을 빠져나와서
깨끗하게 정리하는 게
당신에게 더 좋을 수도 있어요.

조금 서투르고 부족하다는 게
잘못의 이유가 되어선 안 돼요.

처음에는 누구나 낯설고 서툴러요.
만약 부족하다면 기다려주면 되고,
서툴다면 알려주면 되지 않을까요?

어른이 되면 무엇을 하고 있을지
많이 궁금했었는데, 벌써 어른이다.
그리고 여전히 무엇을 할지 고민하고 있다.
나는 지금도 어른이 되어가는 중이다.

일하며 정신없이 흘러간 하루는
몸은 좀 힘들어도 다행이라 생각 들어요.
그동안에는 아무런 복잡함 없이
온전히 일에 집중했다는 것이니까요.

급하게 갈 필요 없어요.
당신의 속도로 가다 보면
그 속도에 맞는 사람들을
한 명씩 만나게 될 거예요
그리고 당신은
그들과 함께 가면 돼요.

타인의 노력을 절대로 무시하지 말아요.
우리는 각자의 목표에 따라 행동하고,
결과 역시 나의 기준과는 다를 수 있어요.
나와 다르다고 노력을 안 한 게 아니며
노력을 무시할 권리는 그 누구에게도 없어요.

태풍처럼 삶이 휘몰아치고 나면
반드시 잠잠해지는 순간이 와요.

현명한 사람은 때를 기다릴 줄 알아요.
지금 누군가가 당신을 휘두르고 있다면,
나만의 신념을 만들어 그 안에서 움직여 보세요.
결과는 나쁘더라도 후회할 일은 없을 거예요.

마음이란 건 스스럼없이 기부하는 거지
'기브 앤 테이크(Give and Take)'가 아니에요.
만약 받기 위해서 뭔가를 나눠준다면
이미 준 마음마저 빼앗기게 될 테니까요.

무능함은 부족함에서 나오는 게 아니라
부족함을 인정 못 하는 자만심에서 나와요.
진정한 프로는 자신만의 철학과 가치관으로
타인의 질문에 행동으로 답할 수 있어야 해요.

가능성은 항상 열려 있지만,
그것을 가능하게 만드는 것은
정직한 노력의 땀방울이에요.

불완전한 순간들이 모여
가장 완벽한 순간을 만들어 내요.
그 완벽한 순간을 만들기 위해
우리에게 필요한 건
편견의 벽을 깨는 일이에요.

당신의 12개월

당신의 1월은,
새롭게 마주하는 모든 시작이
두려움보다 설렘으로 가득하며
빛나는 내일로 기억될 거예요.

당신의 2월은,
더 자주 더 많이 웃게 될 거예요.
그리고 더 많이 행복할 거예요.

당신의 3월은,

따스하고 싱그러운 봄이

마음에도 찾아오게 될 거예요.

당신의 4월은,

거짓말처럼 좋은 일만 가득하고

거짓 없이 해맑게 웃게 될 거예요.

당신의 5월은,

소중한 사람들과 함께

소소한 행복들을 채워가며

소신껏 살아가게 될 거예요..

당신의 6월은,

아무 이유 없이 행복하고

아무 걱정 없이 살아가게 될 거예요.

당신의 7월은,
예상치 못한 행운들로
더 많은 행복을 채워가며
원하던 바를 이루게 될 거예요.

당신의 8월은,
뜨거운 저 태양의 열정을 품고
밤하늘, 아름다운 저 별을 벗 삼아
원하던 길을 꼭 찾게 될 거예요.

당신의 9월은,
더 깊어지게 될 인연과
더 짙어지게 될 사랑에
더 많이 벅차오르게 될 거예요.

당신의 10월은,
쌓아왔던 근심과 걱정들을
모두 하늘 위로 날려 버리고

가을의 향기로 물들게 될 거예요.

당신의 11월은,
빛나는 자신감을 장착하여
망설이던 것들을 도전하고
원하던 목표를 이루게 될 거예요.

당신의 12월은,
새로운 시작에 대한 설렘과
지나온 과거를 뿌듯하게 회상하며
자신을 더 사랑하게 될 거예요.

에필로그

중학교 때 한 친구가 제게 이런 말을 한 적이 있습니다.

"우리 아름답게 살자. 나는 내 주변에 있는 모두가 아름답게 살았으면 좋겠어."

그때는 사실 '아름답게 산다'라는 게 무슨 의미인지 잘 몰랐습니다. 그렇다고 외모나 행동처럼 외형적으로 아름답다고 해서 그 사람의 삶도 아름답다는 생각은 들지 않았습니다.

시간이 흘러 서른을 넘기게 되었고, 세상을 살아오며 온갖 다양한 경험을 하고 나서야 얼핏 그 시절의 '아름답다'에 대해서 스스로 정의를 내릴 수 있게 되었습니다.

'정말 아름다운 사람은 스스로 빛이 난다.'

물론 1차원적으로 볼 때 외모가 아름다운 사람도 빛이 납니다. 가끔 연예인들의 실물을 보고 '후광이 난다, 얼굴에서 빛이 난다'라는 말을 들은 적이 있을 겁니다. 그런 사람들은 크게 노력하지 않아도 아름다움의 조건을 갖추게 됩니다.

하지만 제가 발견하고, 추구하게 된 아름다움은 그런 종류의 것이 아닙니다. 연예인이 아닌 누구라도 조금만 노력하면 충분히 자신의 아름다움을 찾을 수 있는 그런 삶입니다.

'나는 가장 나답게 살았던 순간에 아름다웠다.'

스스로 하고 싶은 일들과 할 수 있는 일들을 했으며, 하려는 말을 명확히 전하고, 해야 할 일을 잘 해내고 있을 때. 그 순간만큼 온전히 나 자신에게 집중한 적이 없었습니다.

그리고 그때, '나 자신이 아름답다'라고 깨달았습니다. 그 후 자신감과 삶의 활력이 생겼고, 의욕적으로 뭔가를 시작하며 많은 것을 이뤄낼 수 있었습니다. 우리가 누군가를 매력적이라 느끼는 순간도 비슷한 맥락이라는 생각이 듭니다.

저는 '가장 나답게' 살기 위해 무엇을 할지 고민했습니다. 그러다가 3년 전부터, SNS에 나의 공간을 만들고는 글을 써서 올렸습니다.

허세나 과잉된 감정, 유행에 맞춘 글, 누군가에게 호소하는 듯한 글은 쓰지 않았습니다. 오직 제가 원하는 느낌과 '하루 하나씩 당신에게 권하는 글' 콘셉트에 맞춰 글을 썼습니다.

크게 욕심내지 않고 '가장 나답게', 그리고 담백하게 하루하루를 채우고자 노력했습니다. 그 결과, 이렇게 책을 통해 '가장 나다운' 방식으로 이야기를 전할 수 있게 되었습니다.

지금 제 감정은 그 어느 때보다 새롭고 벅차오릅니다. 단 한 사람이라도 제가 쓴 글로 인해 도움받고 삶의 위로를 얻는다면, 저는 앞으로도 멈춤 없이 계속해서 하루하루를 채워가려고 합니다.

'당신이 가장 나답게 살아가는 방법을 찾아내어,
당신의 삶에도 별처럼 아름다운 순간이 찾아오길 바라며.'

당신에게 좋은 소식을 전해줄게요

초판 1쇄 발행 2022년 8월 29일
초판 3쇄 발행 2022년 10월 11일

지은이 권글(권혁탁)
펴낸이 떠오름

기획 떠오름
편집 권희중, 권기우, 오지예
디자인 최희종
마케팅 고경표, 정탁, 김동욱, 이민지, 김하나
영업관리 박가람

펴낸곳 **주식회사 떠오름**
출판등록 제2021-000002호(2020년 4월 28일)
주소 서울특별시 서초구 강남대로 479, 비1층 122호
전화 070-4036-4586 **팩스** 02-6305-4923
홈페이지 www.risebooks.co.kr
이메일 tteoreum9@nate.com

값 15,200원

ISBN 979-11-92372-22-8 03810